# UNA BOCA QUE BENDICE

# UNA BOCA QUE BENDICE

Las palabras también pueden formar parte de nuestro propósito divino

KARINA CASTILLO-MÉNDEZ

Charleston, SC
www.PalmettoPublishing.com

*Una Boca Que Bendice*



Primera Edición

Libro de bolsillo ISBN: 978-1-64990-262-7
Libro electrónico ISBN: 978-1-64111-237-6

Para comunicarse con la autora:
mendezkarina550@gmail.com

Dedico este libro a mis pastores. Todos aquellos,
que formal o informalmente, en determinado
momento de mi vida, me bendijeron
tomándome bajo su cuidado espiritual.
Marcelino y Sandra González
Aarón Victorio
Héctor Gutiérrez
José Serra (Pepito)
Dan y Dionna Garza
Gilberto y Yadira Corral
Blanco y Silvia Corral
Joel y Rosa Rodríguez

Agradezco también a mi amado esposo,
Gerardo Méndez, por su inmenso apoyo y a mi
querida amiga, Norma Grisel Ramírez, por su ayuda
práctica y las palabras de ánimo al escribir este libro.

# CONTENIDOS

# INTRODUCCIÓN

*Y llamando a sí a la multitud, les dijo: Oíd, y entended:*
*No lo que entra en la boca contamina al hombre;*
*mas lo que sale de la boca, esto contamina al hombre.*
*¿No entendéis que todo lo que entra en la boca va al vientre,*
*y es echado en la letrina? Pero lo que sale de la boca,*
*del corazón sale; y esto contamina al hombre.*
*Porque del corazón salen los malos pensamientos,*
*los homicidios, los adulterios, las fornicaciones, los hurtos,*
*los falsos testimonios, las blasfemias. Estas cosas son las*
*que contaminan al hombre; pero el comer con las manos*
*sin lavar no contamina al hombre.*

(Mateo 15:10-11 y 17-20)

Este escrito fue elaborado por la sencilla razón de que entiendo, de primera mano y muy a ciencia cierta, lo difícil que puede ser controlar la lengua. La biblia le dedica muchos versículos al tema de la lengua, nuestra boca, nuestras conversaciones y el uso de palabras que elegimos. Es muy difícil que nuestra vida bendiga a otros si nuestra lengua, es decir, nuestras palabras no están alineadas con la biblia. Yo soy una persona a la que siempre le ha gustado hablar. Sí, me gusta hablar por hablar. Hablar representa no solamente una forma de comunicar lo que siento; sino también una forma de divertirme, entretenerme, de enseñar, de trabajar, de animar, de alegrar y, desgraciadamente, también de herir, recriminar, sacar a relucir mi enojo y a veces hasta una tonta idea de supremacía. Al fin y al cabo, que hablando se entiende la gente, ¿no? ¡Pues sí y no! A veces hablando también se desentiende la gente. Es bueno hablar, pero hay ocasiones en que uno solo debe escuchar y entender la necesidad de callar. Pero, sobre todo, es necesario entender la diferencia entre la necesidad de hablar o callar.

Muchas veces me senté en mi cama tratando de hablar con Dios y pidiéndole perdón. Pidiendo a Dios que por misericordia hiciera olvidar a Zutanito y a Manganita mis palabras. Por esto fue que empecé a investigar. Ya que me fascina hablar, como puedo entonces, Señor, usar mi boca para bien y no para mal. ¿Cómo puedo tener una boca que bendice?

Dice la biblia que nuestras palabras tienen poder. "En la lengua hay poder de vida y muerte; quienes la aman comerán de su fruto." (Proverbios 18:21).

¿Alguna vez ha pasado tiempo con personas con las que la conversación es negativa, oscura, amarga y hasta de muerte? Las palabras pueden generar cierto olor en las personas. Las oraciones de los santos, dice la biblia, que son olor fragante delante de Dios. Cuando nosotros tenemos comunicación con Dios, cuando recurrimos a él, generamos un olor bello, que a Dios le agrada.

De la misma forma, cuando nosotros hablamos con otras personas, nuestra boca, es decir nuestras palabras y conversaciones, también deben traer un olor grato al ambiente. La biblia dice en Efesios 5:1-2: "Sed, pues, imitadores de Dios como hijos amados. Y andad en amor, como también Cristo nos amó, y se entregó a sí mismo por nosotros, ofrenda y sacrificio a Dios en olor fragante". Además dice: "Las moscas muertas hacen heder y dar mal olor al perfume del perfumista; así una pequeña locura, al que es estimado como sabio y honorable" (Eclesiastés 10:1). Eclesiastés nos dice que una persona que es considerada sabia, comete una pequeña locura y estropea su honra. La verdad es que, con un solo comentario, a veces podemos echar a perder un bello ambiente. Debemos ser portadores de buenas nuevas y para esto, debemos abrir siempre nuestra boca con sabiduría. Además, daremos cuenta de nuestras palabras. Mateo 12:36 dice: "Mas yo os digo que de toda palabra ociosa que hablen los hombres, de ella darán cuenta en el día del juicio." ¡Señor ayúdanos!

# CAPÍTULO 1
# Una boca con propósito

*El Espíritu del Señor Dios está sobre mí, porque me ha ungido el Señor para traer buenas nuevas a los afligidos; me ha enviado para vendar a los quebrantados de corazón, para proclamar libertad a los cautivos y liberación a los prisioneros; para proclamar el año favorable del Señor, y el día de venganza de nuestro Dios; para consolar a todos los que lloran.*

(Isaías 61:1-2)

Antes que nada, debemos entender el propósito por el que Dios nos salvó. Él nos salvó porque nos ama y quiere vivir la eternidad con nosotros. Dios quiere tener una relación íntima con nosotros. Pero entonces, ¿por qué nos ha dejado en este mundo? Sería ideal aceptar a Cristo e irnos directamente al cielo a gozarnos y ser felices en su presencia. Sin embargo, ese no es el único propósito por el que Dios nos salvó. Se supone que nosotros debemos ser luz para los que aún no han aceptado a Cristo. Se supone que al aceptar a Cristo aceptamos también la misión de ser un testimonio vivo de la gracia y la misericordia de Dios.

Tenemos que mostrarle al mundo la diferencia de vivir una vida terrenal con Cristo. ¡Ese es nuestro propósito! No debemos olvidarlo. A veces nos involucramos en conversaciones vanas y nos olvidamos por completo de nuestro propósito. Nuestro propósito es ser de bendición a las personas que nos rodean para que ellos puedan llegar a sentir al Dios que vive dentro de nosotros a través de nuestra vida. Lo triste es que muchas veces solo queremos las bendiciones de Dios para nuestra propia vida y no deseamos ser de bendición a otros.

Aceptamos a Cristo en nuestra vida para recibir los beneficios personales, pero nunca para que otros sean también bendecidos a través de nuestra relación con Cristo. Esto es egoísmo y nuestro Dios no es egoísta. Cristo se despojó de su corona en el cielo para venir a ser de bendición a otros. No solo para dar vida eterna, sino que la biblia dice que miraba las multitudes y sentía compasión de ellas y no podía resistirse a mostrar su amor por ellos sanándolos de enfermedades, alimentándolos y haciendo milagros. Ninguno de estos milagros fue para él mismo. Se entregó por completo a servir a otros y no buscó en ningún momento su propio beneficio. Cada palabra que salía de su boca reflejaba ese propósito de ser de bendición a otros. Examinemos entonces nuestras palabras. ¿Con qué propósito las hablamos?

**Pasos para el cambio:**

1. **Examinar**
2. **Reconocer**
3. **Información y sabiduría**
4. **Llenura del Espíritu Santo.**

Una vez que entendemos nuestro propósito, también debemos entender que nuestra vida en la tierra con Cristo también es un proceso. No nos convertimos en gente perfecta en el momento que aceptamos a Cristo. El Espíritu Santo viene a morar en nuestros corazones, pero, aunque él está ahí, nosotros vamos aprendiendo a conocerlo cada vez más y a reconocer su voz y su presencia en nuestras vidas de manera más profunda conforme pasa el tiempo y conforme vamos pasando tiempo con él. Mientras estemos en esta tierra y tengamos este cuerpo y esta mente corruptible, no llegaremos a ser perfectos. Seremos perfectos cuando seamos transformados al llegar a la eternidad. Sin embargo, debe haber en nosotros, como dice Pablo, un proceso para llegar a alcanzar esta perfección. Filipenses 3:13-14 dice:

"Hermanos, yo mismo no pretendo haberlo ya alcanzado; pero una cosa hago: olvidando ciertamente lo que queda atrás, y extendiéndome a lo que está delante, prosigo a la meta, al premio del supremo llamamiento de Dios en Cristo Jesús". Esto significa que debemos siempre esforzarnos para acercarnos lo más posible a esa perfección. Así que he aquí los pasos para lograr el cambio y acercarnos más a cumplir nuestro propósito con perfección.

Al examinar nuestras palabras y compararlas con las palabras que la biblia nos insta a hablar podemos saber si estamos realmente siendo bendición o maldición con nuestras palabras. La biblia dice en Romanos 12:13 que nadie debe tener un concepto de sí mismo más alto que el que debe tener. Cada persona debe pensar de sí misma con cordura. Esto es, la biblia nos dice que nos auto-examinemos objetivamente.

Una vez que examinemos, es necesario reconocer. Reconocer lo que no agrada a Dios en nuestra vida y en nuestro corazón para que así se refleje en nuestras palabras. La biblia dice en 2da. de Corintios 2:5 que debemos traer todo pensamiento sujeto a Cristo. Esto es, si hay algo que no refleja el amor de Dios, debemos entregarlo a Dios y dejarlo ir. No aferrarnos. No recurrir a excusas como: "Ah, es que lo dije por esto", "Es que tengo razón por esto otro". Y nos aferramos y creamos excusas para no reconocer y no confesar delante de Dios lo que hacemos mal. Esta parte es importante porque si no reconocemos nuestro error, jamás podremos atacarlo y dejar de cometerlo. Dios nos llama a la autoevaluación y aún más, nos llama a confesar nuestros pecados, a venir delante de Dios sin máscaras y permitir que él nos revele lo que necesitamos cambiar y una vez que nos lo revele, las excusas son inaceptables. Necesitamos humillarnos y pedir perdón. Ojo, pedir perdón, no significa simplemente sentir remordimiento por haber hecho algo. Cuando pedimos perdón a Dios con sincero arrepentimiento, ese arrepentimiento tiene que llevar en sí un plan de cambio. Es decir, una seria intención de no repetir el error.

El siguiente paso es la información. Ya examinamos y reconocimos, pero si no hay un punto de partida o un plan de acción, en realidad no sirve de mucho saber qué es lo que necesitamos cambiar. Ahora la pregunta es, ¿cómo lo cambio?, ¿cómo ataco el problema que yo tengo? Ahí es donde viene la importancia de escudriñar las escrituras. Informarnos. Tomar decisiones instruidas de acuerdo a la palabra de Dios y de acuerdo a la sabiduría y fortaleza que el Espíritu Santo nos da.

Una vez que tenemos claro lo que vamos a hacer, es necesario pedirle al Espíritu Santo que nos fortalezca para llevar a cabo cada día su voluntad. La verdad es que nuestras palabras y conversaciones muchas veces reflejan lo que hay en nuestro corazón. Lo que significa que para vivir una vida que bendiga, debemos tener una boca que bendiga, pero para tener una boca que bendiga, debemos revisar nuestros pensamientos, nuestro corazón y nuestros hechos. Todo está conectado. La biblia dice que el poder de Dios se perfecciona en nuestras debilidades. Esto es cierto, pero si no reconocemos nuestras debilidades y no oramos, ni leemos la biblia, y tampoco leemos material escrito por personas cristianas que pueden ayudarnos a crecer o a informarnos mejor, entonces nunca permitiremos que el poder de Dios sea perfecto en nuestras vidas. Este último paso nos suele ser difícil. Muchas veces sabemos lo que tenemos que hacer. De hecho, la mayoría de los cristianos que hemos leído por lo menos algunas porciones de la biblia, y que hemos asistido a una iglesia y escuchado estudios bíblicos por algunos años, sabemos perfectamente lo que debemos hacer, pero no lo hacemos. ¿Por qué? Porque no hemos estado totalmente dispuestos a llenarnos del Espíritu Santo y a vaciarnos de nuestro propio orgullo. Es bueno adquirir sabiduría, es un paso importantísimo, pero la comunión con Dios es verdaderamente la que va perfeccionando y transformando nuestras vidas. El poder de Dios solo puede ser perfecto en nuestras vidas cuando le permitimos que se manifieste. Es mi oración que al leer este libro usted pueda examinar detenidamente su vida y sus palabras, que pueda reconocer las áreas débiles, que pueda usted recibir información sobre un plan de cambio, de mejoría y de renovación en sus actitudes y, sobre todo, espero que adquiera la sabiduría del Espíritu Santo y su diaria conexión con él para que su vida y sus palabras siempre logren impactar, no solo a sus seres más queridos, sino a cualquier persona que Dios decida cruzar en su camino.

# CAPÍTULO 2
# Una boca renovada

*Y no os adaptéis a este mundo, sino transformaos mediante la renovación de vuestra mente, para que verifiquéis cuál es la voluntad de Dios: lo que es bueno, aceptable y perfecto.*

(Romanos 12:2)

Para que nuestra boca hable con propósito, tenemos que pasar por distintos procesos. Pablo dice que necesitamos ser renovados en nuestro entendimiento y ciertamente El Espíritu Santo se encarga de esta renovación a medida que nosotros se lo vamos permitiendo.

Cierto día miraba yo el edificio renovado de mi iglesia y pensaba, "renovado". ¿Qué es renovado? En realidad, se nos dice que debemos cambiar y esto es cierto, pero Dios no quiere cambiar nuestra esencia. ¡Él nos diseñó con diferentes personalidades! Sí, así nos hizo Dios. Sin embargo, él quiere hacer que podamos brillar y quiere que alcancemos nuestro máximo potencial y usarnos para alcanzar a otros, y para esto necesita renovarnos. Si bien es cierto que ese edificio brilló en cierta época y cumplió su propósito, la verdad es que con el tiempo fue decayendo. Era viejo y no era suficiente con limpiarlo ciertas veces por semana. ¡Tenía que ser renovado! Así mismo Dios quiere también reforzar nuestros cimientos en su palabra. Y sacudir así el polvo del resentimiento que empaña nuestros corazones y no nos permite sentir lo que Dios desea que sintamos. Necesitamos remover la madera podrida a causa del descuido de la oración. Cambiar nuestros pisos. Cambiar nuestras actitudes; así como también tuvimos que cambiar el forro de las sillas del edificio de la iglesia, esto debe ser así para que la gente apetezca recargarse en nosotros y descansar así en Dios.

A veces somos renuentes a la renovación y nos empezamos a llenar de termitas. Nuestros baños huelen mal y están llenos de sarro al igual que nuestras palabras. Ya no podemos bendecir a otros porque nos hemos envejecido espiritualmente.

La biblia dice: "pero los que esperan en Jehová tendrán nuevas fuerzas; levantarán las alas como águilas, correrán, y no se cansarán, caminarán, y no se fatigarán." (Isaías 40:31).

"Por tanto no desfallecemos, antes bien, aunque nuestro hombre exterior va decayendo, sin embargo, nuestro hombre interior se renueva de día en día." (2 Corintios 4:16).

Debemos ser renovados no solo en nuestra mente, sino en nuestro espíritu. Cada día necesitamos venir delante de Dios y pedirle ese algo nuevo que él tiene para nosotros.

A veces tenemos una visión desgastada de Dios. Vivimos agarrados de aquel milagro que hizo en nuestras vidas hace 20 años o hablamos de aquella oración que contestó hace 10 años, esto es bueno, pero es aún mejor cuando podemos contar nuevas maravillas cada día. Porque nuevas son cada mañana sus misericordias. (Lamentaciones 3:22-23)

Hay personas que con mucho amor cuentan a sus seres queridos historias viejas. Mi abuela contaba historias de mis primos cada que nos veía. Eso era bueno. Nos encantaba escuchar sus historias, pero con el tiempo, las historias se volvieron viejas. Las sabíamos de memoria y al pasar los años, dejaron de entretenernos. Qué maravilloso hubiera sido crear historias nuevas con ella. Que cada día pudiéramos reír o reflexionar, no en lo que vivimos juntos hace 10 años, sino en lo que vivimos ayer y hoy mismo. Reflexionar en los nuevos recuerdos. Esto habría demostrado la fuerte relación que continuábamos teniendo con nuestra abuela. Es triste que nos conformemos con las viejas memorias y no creemos nuevas experiencias y no podamos tener conversaciones frescas con las personas. Desgraciadamente, eso nos pasa con Dios. Hablamos de un Dios que nos salvó hace 20 años cuando también debemos hablar de un Dios que nos renueva cada día y que está esperando que vengamos a él cada día para darnos una nueva experiencia.

Cada día busquemos esa nueva y refrescada visión para nuestras vidas. ¿Qué le dijo Dios hoy? ¿Que hizo por usted ayer? Lo viejo es bueno, es alentador, pero díganos, ¿qué hay de nuevo? ¡Tiene que haber algo nuevo! Tengo viejas amigas con las que solo hablo de vez en cuando, pero me encanta que cuando nos vemos, aunque hablamos de recuerdos, también me hablan de lo nuevo que hay en sus vidas. Me cuentan sus nuevos proyectos y los nuevos milagros y visiones que Dios ha dado a sus vidas. Es maravilloso hablar con personas que siempre tienen algo nuevo de parte de Dios. Esas personas realmente, ¡te refrescan la vida! Las personas que renuevan su mente, renuevan su corazón y tienen una boca renovada son, definitivamente, bendición.

## El chisme

Una boca que bendice definitivamente no anda difundiendo chismes. Una boca que bendice es renovada y deja el chisme a un lado. El diccionario define el chisme como un rumor que se difunde sin haber sido comprobado que es cierto. Una amiga de mi madre a quien yo escuchaba chismear cínicamente cuando era niña, siempre decía: "A mí no me creas, Manita, por ahí me dijeron". La verdad es que si se lo dijeron y usted no está completamente seguro de que sea cierto, es pecado andarlo divulgando. La biblia es muy clara. Pablo nos dice que Dios los entregó a sus mentes reprobadas. "...estando llenos de toda injusticia, maldad, avaricia y malicia; colmados de envidia, homicidios, pleitos, engaños y malignidad; son chismosos, detractores, aborrecedores de Dios, insolentes, soberbios, jactanciosos, inventores de lo malo, desobedientes a los padres, sin entendimiento, indignos de confianza, sin amor, despiadados; los cuales, aunque conocen el decreto de Dios que los que practican tales cosas son dignos de muerte, no sólo las hacen, sino que también dan su aprobación a los que las practican. (Romanos 1:29-32). Muchos hasta en ocasiones hemos tomado el chisme a broma olvidándonos de que la biblia lo reprueba fuertemente.

Otra de las cosas que he observado es que a veces no podemos decir algo porque no sabemos con seguridad la veracidad de nuestra afirmación, pero dejamos que nuestra mente divague más allá de los hechos y empezamos a apuntar dedos en nuestra mente y al hablar de esto le anteponemos, "yo creo que ha de haber..." o "tú cómo sabes si no..." o "tal vez...". No estamos mintiendo, solo estamos diciendo lo que suponemos. Sin embargo, como no podemos asegurar que nuestra suposición sea cierta, pero ya le dimos vuelta en nuestra mente, entones nuestra conversación es algo como esto:

"Yo creo que Zutanito le ha de haber dicho que lo hiciera de esa forma", "Tal vez no quiso venir porque se imaginó que Fulanito estaría aquí", "¿Tú cómo sabes que no fue Manganito el que le dio el regalo?" Y la otra persona contesta: "¿Tú crees?". ¡Ay, Dios mío, ayúdanos, por favor! Al hacer esto estamos divulgando suposiciones inciertas y esto además de ser chisme, también divulga nuestros pensamientos negativos y nos convierte en cizaña. Lo ideal sería no hacer pública ninguna suposición, porque entonces entra en el corazón de la otra persona y lastima o difama.

Si no está seguro de que su suposición es cierta, y si esta suposición suya es algo negativo y dañino, sería mejor callar. No es que sea pecado suponer cosas, todas las personas inteligentes tenemos esa capacidad, el problema es el tipo de suposiciones que hacemos y cómo y a quién se las decimos. Tengamos cuidado de no caer en chismes y dañar así el corazón o la reputación de alguien.

"El hombre perverso levanta contienda, Y el chismoso aparta a los mejores amigos." (Proverbios 16:28). Muchísimos de los problemas que hay en las familias y en las iglesias son porque alguien decidió tener una conversación sobre otra persona. A su vez esta conversación dio pie a que esta persona tuviera material para comentar cosas de dicha conversación. Si alguien te cuenta algo o si estás teniendo una mala conversación acerca de alguien no necesitas ir a decirle a ese alguien lo que esta persona dijo sobre él. ¿Para qué hacerlo? Permítame un ejemplo que, aunque falso, fue inspirado por distintas situaciones reales. Desgraciadamente, tengo decenas de ejemplos de la vida real, pero prefiero usar este falso. Trataré de acomodar un poco los hechos usando mi imaginación para ilustrar el punto.

En cierta ocasión Pepe y Lucas, dos personas que eran súper cercanas y con mucha confianza una en la otra, comentaron si uno de los voluntarios de la iglesia estaría haciendo buen trabajo. Lucas comenta que había escuchado cierta conversación que este voluntario (Sergio) había tenido tratando de ayudar a otra persona y la cual no le pareció del todo acertada. Entonces comentan que tal vez Sergio necesite más experiencia en la vida y en el ministerio para poder llegar a ser un buen líder, ya que era bastante nuevo en el evangelio. Al poco tiempo existe un desacuerdo entre Pepe y Lucas, pero no hay una separación completa, sino que fue solo un pequeño distanciamiento. Casualmente, la persona Pepe encuentra el momento indicado para *comentar* con Sergio que Lucas *sugirió* que no estaba haciendo su trabajo del todo bien. Sergio se siente lastimado y con el corazón hecho pedazos al saber que Lucas "habla mal de su persona a sus espaldas". ¿Se dan cuenta? El manipular información es también algo dañino. No necesitamos ser totalmente malos para caer en esta perversidad e involucrarnos en pleitos y causar separaciones entre amigos. Sin embrago, muchas personas piensan que como es verdad lo que dicen, entonces no es chisme. Esto es cierto, si es verdad, tal vez piense que no entra en la clasificación de chisme, pero tampoco es abrir su boca con sabiduría.

"Ninguna palabra corrompida salga de vuestra boca, sino la que sea buena para la necesaria edificación, a fin de dar gracia a los oyentes." (Efesios 4:29). Al hablar, preguntémonos, ¿damos gracia a los que nos escuchan? ¿De qué manera les sirve o les bendice lo que nosotros estamos diciendo a otras personas?

Es importante saber que no tenemos derecho a contar cosas íntimas de otras personas solo por mantener una conversación "interesante". Especialmente si alguna persona se ha desahogado con nosotros y nos ha abierto su corazón. La biblia dice: "Discute tu caso con tu prójimo y no descubras el secreto de otro, no sea que te reproche el que oiga y tu mala fama no se acabe." (Proverbios 25:9-10). Si no podemos controlar nuestra boca, no podremos ser ese oído refrescante que ayuda a otras personas a desahogarse, a buscar consejos, o simplemente a confesar individualmente sus cargas. Si no podemos guardar nuestra lengua la gente no podrá venir a nosotros para ser bendecido con una sana conversación. Tendrá miedo contarnos sus problemas y se estancarán. Es importante que podamos ir a Dios con nuestros problemas, pero también la biblia dice que debemos confesarnos unos a otros. "Confiesen sus pecados unos a otros, y oren unos por otros, para que sean sanados. La oración del justo es muy poderosa y efectiva" (Santiago 5:16). Dios sabe el poder que constituye la confesión y la oración unos por otros, pero si no podemos confiar en las personas cristianas de nuestro alrededor, estaremos propensos a cometer más errores en nuestras vidas y a aislarnos. Esto nos debilitará espiritualmente y nos llenará de amargura. Si queremos ser de bendición es primordial que sepamos escuchar sin divulgar innecesariamente. No es que queramos esconder las cosas malas, ese no debe ser tampoco nuestro interés, porque también es importante no tratar de fingir nada y ser transparentes, es simplemente que debemos priorizar nuestro propósito divino al hablar.

A veces los problemas de otros no nos duelen lo suficiente y por eso los divulgamos con facilidad. Si nosotros tenemos cierto problema serio, normalmente se lo contamos a una persona de confianza y esperamos que no lo divulgue. Sin embargo, cuando nos enteramos de algún problema ajeno que es serio, lo divulgamos sin miramientos. ¿Por qué? ¡Porque simplemente no nos duele! ¡Qué lástima! Lo peor es que a veces estos problemas son de familiares o hermanos en Cristo, gente cercana a nosotros, ¡y no nos duelen! Si nos dolieran los pondríamos en oración y solo se los contaríamos en confianza a personas que pudieran ayudar en la situación. Serían motivo de oración y no de murmuración. Nunca lo diríamos solo por tener algo interesante que decir.

Lo triste es que muchas veces divulgamos los errores y problemas de los demás porque eso nos hace ver mejores a nosotros. Pensamos: "Yo no tengo ese problema, por lo tano debo ser mejor cristiano o mejor persona"

*¡Wow!* Repito, la biblia nos dice "Nadie tenga de sí mismo un concepto más alto del que debe tener" (Romanos 12:13). Esto significa que debemos pensar de nosotros mismos con cordura y escudriñar nuestros corazones para que el Espíritu Santo nos muestre en qué áreas de nuestra vida necesitamos ser moldeados. Si no tenemos un concepto claro de nosotros mismos, nunca podremos entregarnos a Dios por completo y permitirle que actúe en nuestras vidas. A medida que le permitimos al Espíritu Santo que nos muestre nuestros propios errores, él actúa y nos va renovando y moldeando. Así mismo, Dios nos insta a amar a nuestro hermano y la biblia nos ilustra cómo somos un

mismo cuerpo. Si somos un mismo cuerpo debemos dolernos juntos. Jamás divulgar problemas de otros para exaltación propia.

A veces hablamos meramente por mantener una conversación. Nos reunimos con alguien y no sabemos de qué hablar. No tenemos temas interesantes de conversación y optamos por hablar de alguien, en lugar de hablar de algo. Entonces, aunque la persona de la que hablamos, no se entere, la verdad es que tampoco estamos bendiciendo a la persona con la que estamos hablando. A veces disfrazamos nuestra falta de autocontrol diciendo cosas como: "Me hizo cosas feas que no es necesario contar". ¡Qué maravilla que no encuentres necesario contar las cosas feas que te hicieron! Pero, ¿es necesario que digas que esa persona te hizo cosas feas? Nos escudamos en el excluir de los detalles, pero el daño ya está hecho con solo decir: "Me hizo algo malo." Pensemos, ¿era necesario que esta persona se enterara de las fallas del otro? ¿Qué bendición hubo en eso? ¿Cuál fue el propósito? Si lo hubo, perfecto, pero si no, seamos cuidadosos. Podemos formar conceptos equivocados sobre las personas de las que hablamos o podemos dañar innecesariamente el corazón de la persona con la que hablamos.

Algo muy importante, en lo que también debemos pensar antes de hablar es en la honra. Dice la biblia en 1ra. De Samuel 2:30 "Yo honro a lo que me honran…" Si quiere recibir honra usted debe honrar. Si honra a Dios entonces como dice Romanos 12:10 también debe tratar a las demás personas con amor y con honra. Especialmente a sus padres y a los ministros y siervos de Dios (Éxodo 20:12 y1ra. Timoteo 5:17). ¿Qué significa honrar y cómo podemos hacer esto con nuestras palabras? Cierto día escuchaba al predicador Dante Gebel, y él hablaba del incidente de Noé cuando se embriagó y se desnudó. Me gustó mucho este ejemplo, así que lo usaré aquí. Su hijo Cam lo vio borracho y desnudo, y salió de la tienda y lo divulgó. Los otros dos entraron de espaldas para no verlo y lo cubrieron. Ciertamente Jafet y Sem honraron a su padre y tuvieron su recompensa. El otro deshonró a su padre y también tuvo su recompensa y su descendencia fue esclavizada. En fin, la historia la podemos leer en Génesis nueve. Lo que hay que enfatizar aquí es lo que se dijo con la boca. Mientras uno de ellos decidió no honrar con sus labios a su padre, los otros no solo no divulgaron su vergüenza, sino que lo cubrieron. Así mismo nosotros. Cuando vemos que alguna persona cae en vergüenza, ¿qué hacemos? ¿Lo divulgamos para que todo el mundo se entere y conozca su pecado? ¿O seguimos honrando con nuestras palabras tratando de hablar más de las cosas buenas que esa persona hizo en otras mejores temporadas de su vida? ¿Tratamos de cubrir y restaurar? Dice la biblia: "El que anda en chismes revela secretos, pero el de espíritu leal oculta las cosas" (Proverbios 11:13).

Desgraciadamente, muchos estamos más que listos para propagar lo malo en lugar de ayudar a restaurar y concentrar nuestra atención y enfoque en las buenas lecciones de vida que esta persona nos pudo haber dejado. No estoy diciendo que apapachemos el pecado y nos volvamos alcahuetes o ciegos, o que vivamos poniéndole un filtro color de rosa a todo. No, lo que estoy diciendo es que, si nosotros estamos sistemáticamente diciendo más cosas malas que buenas de las personas, entonces nuestra balanza está fuera de proporción y no estamos siendo de bendición ni honrando a nadie. Tarde o temprano recibiremos nuestra recompensa.

## Las quejas

Me ha tocado trabajar con distintos personajes a lo largo de mi vida y aunque es verdad, que de vez en cuando, todos necesitamos ventilar alguna de nuestras frustraciones, debemos tener cuidado de no hacer de esto un hábito. Para muchas personas el quejarse toma parte de cada una de las conversaciones que emplea. Carecen de creatividad para entablar conversaciones sanas y agradables, así que se quejan. Por ejemplo, se quejan del jefe y de las reglas del trabajo. De repente se sientan a lado de uno y dicen: "Odio que esta compañía no nos dé más días libres", "Odio que no nos dejen usar cierto tipo de zapatos", y así continúan. Nos dicen que está mal esto, y que también está mal lo otro. Este tipo de quejas terminan causando más estrés que el que esperábamos dejar salir al ventilar alguna frustración real. La verdad es que resulta muy agotador escuchar todas las cosas malas que nos rodean.

Un ejemplo perfecto nos lo da el antiguo testamento. El pueblo de Israel siguió a Moisés porque querían ser liberados de la esclavitud, pero cuando tuvieron que caminar por el desierto se quejaron. Se quejaron de que solo caía maná del cielo y ellos querían carne. Dios les proveyó codornices y luego se quejaron de que tenían sed. Dios hizo salir agua de una roca, también les proveyó una nube para que les diera sombra, pero luego siguieron quejándose de otras cosas. Cuando Moisés se apartó para hablar con Dios, se quejaron de no tener líder y se hicieron un becerro de oro. Este pueblo a pesar de ver las cosas buenas y maravillosas que pasaban a su alrededor, decidieron enfocarse solo en las cosas que iban mal a su alrededor y quejarse. Decidieron no agradecer, ni ser felices. Si leemos la biblia vemos la triste recompensa que recibieron de no poder entrar a la tierra prometida. ¡Y todo por quejarse! ¡Qué triste! La verdad es que Dios sabía que, aunque los dejara entrar, no serían felices. Seguirían quejándose. Ellos no podrían disfrutar de las cosas buenas porque siempre se concentrarían en lo malo y Dios lo sabía; sabía que no tenía caso seguir dando bendiciones a ese tipo de personas. Era mejor que murieran en el desierto y que Dios repartiera la bendición solamente a la nueva generación.

Una de las personas entre este pueblo que dejó que se envenenara su corazón y empezó a quejarse con Aarón fue Miriam, la hermana de Moisés. El primer error de Miriam fue pasar por alto lo bueno, concentrarse en lo malo y después empezar a quejarse de esto. Lo peor de todo es que Aarón la escuchó y luego le hace compañía y murmura junto con ella. Leamos la historia en Números 12:

> *Moisés había tomado por esposa a una egipcia, así que Miriam y Aarón empezaron a murmurar contra él por causa de ella. Decían: «¿Acaso no ha hablado el Señor con otro que no sea Moisés? ¿No nos ha hablado también a nosotros?» Y el Señor oyó sus murmuraciones.*
>
> *A propósito, Moisés era muy humilde, más humilde que cualquier otro sobre la tierra.*
>
> *De pronto el Señor les dijo a Moisés, Aarón y Miriam: «Salgan los tres de la Tienda de reunión». Y los tres salieron. Entonces el Señor descendió en una columna de nube y se detuvo a la entrada de la Tienda. Llamó a Aarón y a Miriam y, cuando ambos se acercaron, el Señor les dijo: «Escuchen lo que voy a decirles:*
>
> *» Cuando un profeta del Señor*
> *se levanta entre ustedes,*
> *yo le hablo en visiones*
> *y me revelo a él en sueños.*
> *Pero esto no ocurre así*
> *con mi siervo Moisés,*
> *porque en toda mi casa*
> *él es mi hombre de confianza.*
> *Con él hablo cara a cara,*
> *claramente y sin enigmas.*
> *Él contempla la imagen del Señor.*
> *¿Cómo se atreven a murmurar*
> *contra mi siervo Moisés?»*

*Entonces la ira del Señor se encendió contra ellos, y el Señor se marchó. Tan pronto como la nube se apartó de la Tienda, a Miriam se le puso la piel blanca como la nieve. Cuando Aarón se volvió hacia ella, vio que tenía una enfermedad infecciosa. Entonces le dijo a Moisés: «Te suplico, mi señor, que no nos tomes en cuenta este pecado que hemos cometido tan neciamente. No la dejes como un abortivo, que sale del vientre de su madre con el cuerpo medio deshecho».*

Este incidente no necesita más explicación. Queda claro que Dios aborrece que los corazones envanecidos que buscan algún defecto en otros para desacreditarlos. Realmente esta murmuración estaba dañando la obra de Dios sobre Israel y poniendo en tela de juicio la sabiduría de Dios al haber llamado a Moisés. Notemos también que Dios no llama a Moisés por ser una persona elocuente y súper cualificada, como probablemente, Aarón y Miriam pensaban que ellos mismos eran, Dios llama a Moisés porque era humilde de corazón, dice la biblia que más humilde que cualquier otro sobre la tierra. No perfecto, sino humilde. A veces no entendemos el corazón de Dios y murmuramos contra las personas poniendo en duda su llamado y aun comparándonos con esas personas, pero antes de murmurar cualquier cosa, recordemos que Dios mira nuestro corazón y nos examina. Tengamos cuidado de no provocar el enojo de Dios con lo que decimos y con lo que dejamos entrar a nuestro corazón. Especialmente cuando se trata de un siervo de Dios.

El resto de la narración nos verifica el corazón de Moisés. Aarón le pide que interceda por ella y Moisés lo hace de todo corazón. Así que después de entender y confrontar las consecuencias de sus actos, Miriam es restaurada. Sin embargo, nos deja una gran lección sobre lo que no debemos hacer.

## La mentira

Creo que el no mentir es algo muy, pero muy difícil. ¿Por qué? Porque no queremos herir a otros, o porque queremos herir a otros, porque queremos quedar bien, porque queremos que piensen cierta cosa de nosotros, etc. Existen miles de razones. Es muy peligroso porque podemos caer fácilmente en este mal hábito. Debemos tener cuidado. El exagerar también es mentir. Por ejemplo, a veces para hacer la conversación un poco más emocionante, añadimos un poco a algún hecho real o exageramos y nos convencemos a nosotros mismos de que no es mentira porque el otro 95% realmente era cierto. ¡Yo lo he hecho! ¡Y me avergüenza el reconocerlo! A veces no me doy cuenta hasta después y vengo delante de Dios con un corazón triste por haberle fallado. Sé que Dios me perdona, pero también sé que debo seguir en la lucha por no recaer en este pecado. Y el primer paso es auto examinarnos y reconocer delante de Dios. Solo así se puede iniciar un proceso real de purificación y santidad. Entendámoslo; exagerar deliberadamente, o como hábito, también puede ser mentir.

Otras veces mentimos para no meternos en problemas o para simplemente no entrar en temas difíciles que no deseamos tratar en ese momento. Hay ocasiones en las que no debemos decir cierta cosa. A veces nos preguntan algo y no podemos darle a esa persona en ese momento una respuesta sincera. ¿Qué creen? Jesús también se miró en estas situaciones y el no mintió. ¿Cómo manejó Jesús esto? Cuando a Jesús le preguntaban algo que no quería contestar o que él sabía que al contestar iba a meterse en problemas, el siempre encontró la manera de contestar con sabiduría y sin mentir. Vea los ejemplos de cómo Jesús manejó las situaciones cuando él no quería dar información; Jesús nunca se dio la libertad de mentir. En Lucas 20:1-4, los principales sacerdotes le preguntan bajo qué autoridad actuaba. Si él decía quién era en realidad, no le creerían y tendrían razón para matarlo, él sabía que no era aún tiempo de morir. Entonces les contesta con otra pregunta. Igualmente, cuando se trataba de apedrear a la mujer adúltera (Juan 8:1-11). La respuesta de Jesús no fue directa a la pregunta, sino a los corazones de los fariseos y escribas que la rodeaban. Jesús fue un gran ejemplo de habilidad para contestar preguntas sin seguir el mal juego que algunas personas quieren jugar al querer que contestemos preguntas maliciosas o simplemente cosas que no tiene caso contestar. Hay conversaciones que no traen nada bueno y que no tiene caso continuar.

Por ejemplo, si alguien nos dice algo muy hiriente sobre otra persona o se expresó mal de ella y la otra persona nos pregunta, la verdad no creo que sería sabio decirle lo que la otra persona dijo. Eso causaría conflictos innecesarios porque muchas veces la gente habla neciamente y no convendría repetir sus palabras. Entonces, ¿mentimos? ¡De ninguna manera! Podemos contestar cosas como: "¿Para qué quieres saber?" o "Yo pienso que debes concentrarte más en tu relación con Dios y no tanto en cómo las otras personas te miran", y simplemente cambiar la conversación o pedir a Dios sabiduría para contestar sin mentir. Otra opción podría ser simplemente no contestar. No siempre debemos contestar las preguntas de las personas. Solo porque alguien preguntó algo, no significa que sea necesario contestar en ese mismo momento. Y solo porque una persona dijo algo; no significa que debamos repetirlo.

Otro problema es cuando no mentimos, pero manipulamos los comentarios que escuchamos de la gente. A veces decimos partes de ciertas conversaciones fuera del contexto para manejar situaciones a nuestra conveniencia. Tal vez eso no se considere mentir, ¿pero es honroso?

Éxodo 20:16 nos dice: "No darás falso testimonio contra tu prójimo." y Éxodo 23:1 nos dice también: "No propagarás falso rumor; no te concertarás con el impío para ser testigo falso."

Tristemente, también existen personas a las que no podemos catalogar en ninguna de las categorías anteriores porque son simplemente mentirosas. He conocido a varias personas así. Simplemente mienten por hábito. No tienen necesidad de mentir, simplemente lo hacen porque les divierte ver las reacciones de otros, porque desean alabanza o compasión, existen muchos motivos, el caso es que tienen la costumbre de mentir solo por mentir. Lo que me parece triste, y frustrante a la vez, es que a estas personas la gente las va catalogando como mentirosas y no se les puede creer nada de lo que cuentan. Tengo un amigo muy querido, que es una persona muy buena y con muchos talentos, pero por años, tenía la costumbre de mentir. Al principio yo le creía todas sus emocionantes aventuras y sus tristes historias de vida, pero al irlo conociendo mejor, me di cuenta de que mentía. Resultaba que, al hablar con otras personas cercanas a mi amigo, ellos desmentían gran parte de lo que él me había dicho, dejándome muy confundida. Yo le tenía cariño, pero sentía que perdía mi tiempo conversando con él. Era como si tuviera que leer un mal libro de ficción y fingir que me gustaba. Era horrible tener que escucharlo sabiendo que más de la mitad de lo que decía probablemente eran mentiras. Sentía que no tenía caso gastar mi saliva en hablar de cosas falsas. Si le preguntaba si estaba seguro de lo que me decía, él lo afirmaba sin que yo pudiera contradecirlo. Sin embargo, traté de mostrarle mi amor lo más que pude, pero no pude tener la misma cercanía y confianza que le tenía al principio. La verdad, no me era de bendición escucharlo. Con los años, Dios fue madurando su vida y creo que ha mejorado mucho. El caso aquí es entender lo triste que es que las personas a su alrededor no puedan tomar en serio ninguna de las conversaciones de una persona con el hábito de mentir. Es desesperante no poder confiar en las palabras de una persona e irremediablemente, con el tiempo la gente se alejará y la persona mentirosa se perderá la oportunidad se ser bendición a otros. Es más, el ser mentirosos nos roba a nosotros mismos la bendición de disfrutar de relaciones reales con personas importantes en nuestra vida.

No obstante, la mentira no es peligrosa solamente cuando la decimos a otra persona. A veces nos mentimos a nosotros mismos. Puede haber situaciones que nos causen dolor y que no queramos aceptar. Por lo tanto, decidimos auto-manipular nuestros pensamientos para no enfrentar el problema. Por eso es vital que vengamos delante del Espíritu Santo y le pidamos que nos revele verdades profundas aun sobre nosotros mismos. Si no nos hablamos a nosotros mismos con la verdad y no tenemos un claro concepto de quienes somos, va a ser muy difícil bendecir a otros.

## Los pensamientos

Si nuestros pensamientos no bendicen, nuestra boca tampoco lo hará. A veces vemos solo lo negativo y no decimos mucho, pero lo pensamos. A veces las personas que no hablan mucho nos llevan ventaja porque por lo menos no exteriorizan tanto. Sin embargo, nuestros pensamientos nos esclavizan y no nos permiten ser de bendición a otras personas. No solo necesitamos una boca que bendice, sino una mente que bendice.

La biblia nos dice: "En cuanto a lo demás, hermanos, todo lo que es verdadero, todo lo honorable, todo lo justo, todo lo puro, todo lo amable, todo lo que es de buen nombre, si hay virtud alguna, si hay algo que merece alabanza, en esto piensen." (Filipenses 4:8).

Por ejemplo, una vez fui a una quinceañera y los chicos bailaron varios valses. Como cristiana hispana, en esos tiempos no estaba acostumbrada a ver mucho baile en las quinceañeras cristianas. Solo un vals o un baile de coreografía y ya. Pues resulta que aquí hubo varios bailes. De hecho, hubo un baile donde las chicas se recargaban un poco en las piernas de los chicos. Ellos se hincaban con una rodilla y ellas pretendían sentarse sobre ellos. La verdad es que dejé que mi mente volara con todo tipo de pensamientos negativos y cuando salí comenté a mi amiga en un tono sarcástico (tono que mi amiga ni siquiera percibió) "¿Te gustó el baile?" Ella contestó: "Sí, ¡qué bonitos se miraban los chicos! ¿Verdad? ¡Qué bonito y bien les salió todo!" ¿Saben cómo me sentí? ¡Horrible! Mi amiga estaba pensando solo en lo bueno, en lo puro, en lo amable, etc. Mientras que yo entretenía pensamientos negativos y buscaba el lodo en todas partes. Como dice en Proverbios 11:27, mi amiga encontró el oro y se fue feliz y bendecida de la fiesta. Yo encontré solo el lodo y me fui confundida. Creo que ella salió ganando.

Otro ejemplo es que a veces pensamos muy secretamente que nosotros debemos ser mejor y más bendecidos que las demás personas. No nos duelen sus fracasos, sino que secretamente pensamos "A mí no me pasará eso" Seguro esa persona no hizo algo bien." O cuando vemos una mala actitud en lugar de orar por esa persona y rogar por la misericordia y la iluminación de Dios sobre su vida, secretamente deseamos que algo le salga mal, ¡para que aprenda! De esa manera demostraremos que nosotros teníamos la razón y acrecentará nuestro ego. Eso no debe ser así.

Oímos que la gente dice: "¡Sé sincero y di lo que piensas!" Pero en realidad muchas veces hablamos sin pensar, porque si pensáramos muy bien antes de hablar, definitivamente no diríamos todo lo que pensamos. Antes de ser sinceros y decir lo que pensamos, debemos aprender a alimentar buenos pensamientos. En el inglés hay un viejo proverbio que dice que el lenguaje es la ropa del pensamiento. Cuando hablamos, muchas veces reflejamos lo que pensamos. Así que, si nosotros queremos estar bien vestidos, tenemos que tener buenos pensamientos para que nuestro lenguaje pueda reflejarlo. Pero, vayamos un paso más allá y entendamos que no debemos cuidar solo lo que decimos en voz alta, recordemos que Dios escucha aun nuestros diálogos internos. Si no maldecimos a otros en voz alta, pero lo hacemos en nuestra mente, o aun peor, entre dientes, esto es lo mismo que si lo dijéramos en voz alta porque eventualmente, si lo dejamos anidarse en muestra mente, seguirá su camino hacia el corazón y muy pronto estará diciéndose en voz alta y audible con nuestra boca. Debemos cuidar la manera en que pensamos. Esos diálogos internos en los que maldecimos, envidiamos, acusamos y deseamos mal a alguien, no son muestras del amor que Dios quiere que tengamos en nuestro corazón. La biblia dice en 2da de Corintios 10 que debemos traer todo pensamiento sujeto a la obediencia de Cristo. Esto significa que, si nuestros pensamientos no obedecen a Dios, debemos cautivarlos y no permitir que se expandan. Debemos desecharlos para que no se extiendan a nuestro corazón y controlen nuestros hábitos, nuestros hechos y, por ende, nuestras conversaciones.

# CAPÍTULO 3
# Una boca agradecida

*Así que, recibiendo nosotros un reino inconmovible, tengamos gratitud, y mediante ella sirvamos a Dios agradándole con temor y reverencia.*

(Hebreos 12:28)

De Dios aprendí a tener un corazón agradecido y mi esposo me ayudó a entender la importancia de decir gracias. Los primeros años de casada me extrañaba que dijera gracias tan seguido por cosas sin importancia. Me daba gracias por cocinar, por compartir algún alimento o bebida con él, por pasarle la sal, etc. El escucharlo decir gracias me hacía sentir bien, así que tomé la decisión de imitarlo. Creo que el ser agradecidos es lo mejor que podemos enseñar a nuestros hijos. Es más, estoy convencida de que esto es una de las claves de la felicidad. Para ser feliz, es necesario agradecer lo que ya se tiene y no estar frustrados por lo que pensamos que nos hace falta. Una boca agradecida siempre agrada, no solo a Dios que nos llena de favores y misericordias, sino a las personas que nos hacen cualquier tipo de bien o favor. Es un aliento para otros el saber que alguien agradece su esfuerzo. El agradecimiento debe decirse con palabras, pero más que eso debe también ser un estilo de vida. Nunca debemos dar por sentado lo que alguien hace por nosotros. Nadie, absolutamente nadie, tiene porqué concentrarse en nosotros. Si bien es cierto que la biblia demanda que seamos buenos y nos ayudemos unos a otros, la verdad es que la gente podría escoger concentrarse en cualquier otra persona. Si alguien decide hacer algo por usted, ¡agradézcalo! ¡Lo podría haber hecho por cualquier otro! Ya sea abrirle la puerta de la tienda, cederle el paso en la calle, pagar su comida en el restaurante, darle un aventón, traerle un regalo de un viaje, cuidar a sus niños, prestarle su carro, lo que sea, por pequeño que sea el detalle, nunca olvide decir gracias.

A través de los años, mis hijos han tenido muchos amiguitos que han venido a mi casa y ciertamente se nota que sus padres los han tratado de educar bien. La mayoría me han dado las gracias después de comer y al despedirse. Sin embargo, se siente súper bien cuando un niño te específica y te dice "gracias por la nieve y por llevarnos al parque". Sé que no me dicen gracias mecánicamente (lo cual es bueno y un gran comienzo), sino que se han dado cuenta detalladamente de las cosas que hice por ellos y han tomado nota. Entienden perfectamente que las cosas que disfrutaron no llegaron solas. Reconocen mi esfuerzo, ¡y eso me bendice! Por supuesto que no lo hago para que me den las gracias.

Lo que hacemos para que otras personas sean felices se hace simplemente porque nos bendice ver a otros felices y porque amamos a Dios y deseamos ser un canal de bendición. Ah, pero, ¡qué bien se siente que lo agradezcan! Me anima y hasta me hace atreverme a hacer favores y cosas buenas por otros más a menudo. El tener una boca agradecida alienta a otros. ¡Y eso bendice! Así que la próxima vez que alguna persona haga cualquier cosa, sin importar que tan pequeña sea, no olvide agradecerlo. No olvide tampoco que es aún mejor ser específico. Trate de enumerar las cosas por las que se siente agradecido con la otra persona. Tome nota de los detalles.

Ahora, quiero profundizar un poco más con este tema. Es bueno decir gracias, de hecho, ¡es muy bueno! Pero es aún mejor que de verdad nos sintamos agradecidos de todo corazón. Es muy triste, pero a veces pensamos que los hermanos de la iglesia, que nuestras familias, o ciertos amigos tienen la obligación de hacer ciertas cosas por nosotros y, como ya lo dije, nadie tiene porqué hacer algo bueno por nosotros. Hay un dicho que dice favor con favor se paga. Pienso que es triste que hagamos un favor con la esperanza de recibir otro favor. Entonces ese no es un favor. Si así fuera, entonces los favores se volverían una cuenta de ahorros de la que sentimos que en cualquier momento somos merecedores de hacer un débito. La verdad es que debemos dar sin esperar nada a cambio. Dios les puede dar a las personas fuerza y sabiduría para que hagan algo bueno por alguna persona y ayudando a otros estarían siendo obedientes. Sin embargo, han decidido que esa alguna persona sea usted. Entonces usted debe agradecerlo.

El ser agradecido provoca algo parecido a lo que pasa en la parábola de "Los convidados a las bodas" que Jesús cuenta en Lucas 14:7-11. Cuando llegan a la fiesta muchos quieren sentarse en los lugares de distinción. Sin embargo, corren el peligro de que se les pida que se levanten y se sienten en otro lado. Jesús dice: "Más cuando seas convidado, ve, y siéntate en el último lugar; para que cuando venga el que te convidó, te diga: Amigo, sube más arriba; entonces tendrás gloria delante de los que se sientan contigo a la mesa" (Lucas 14:10). En esta instancia sería mejor el agradecer la invitación sin esperar ningún trato especial. Cuando esperamos que alguien nos dé un trato especial porque nos sentimos con el derecho, entonces nos arriesgamos también a ser avergonzados cuando no se nos dé el trato esperado. Es mejor hacer las cosas con un corazón humilde que agradece cualquier tipo de esfuerzo que otra persona haga. Aun si usted hizo algo antes por esta persona, agradezca si esta persona también hace algo por usted. Es mejor que nunca piense que tiene derecho a reclamar favores o algún tipo de trato especial. Job llegó a pensar que por cuanto él era un hombre recto merecía que Dios lo bendijera. Tal vez esto sea cierto hasta cierto punto, Dios promete muchas cosas buenas para los justos, pero en ningún momento promete que los justos jamás sufrirán por nada en esta vida. Job en lugar de agradecer a Dios por las bendiciones vividas, hubo momentos en que cuestionó la justicia de Dios, puesto que él era justo y estaba sufriendo. Es por eso, que aun en medio del sufrimiento, el tener un corazón agradecido nos ayudará a cambiar nuestra perspectiva y a confiar de una forma profunda en nuestro Dios. Es cierto que nos encontraremos con personas que se aprovechen. Deje que Dios se encargue de los malagradecidos y otra vez le digo, ¡usted sea agradecido! No solo con sus labios, sino también con su corazón. Nunca permita que el pensar que es merecedor de ciertos favores, le robe el agradecimiento del corazón. Sea humilde y, por lo tanto, agradecido. No solo diga gracias, especifique por qué está agradecido y, sobre todo, dígalo de corazón. Acostumbremos a nuestra mente a pensar en lo bueno y busquemos que nuestro corazón se sienta siempre sinceramente agradecido. Recuerde que todo lo que hacemos es para agradar a Dios. "Mas todo lo que hagáis, hacedlo de corazón como para el Señor y no para los hombres; sabiendo que del Señor recibiréis la recompensa de la herencia, porque a Cristo el Señor servís" (Colosenses 3:23-24). Nunca podremos sobrepasar la bondad de Dios, esté seguro de que Dios, no el hombre, siempre se encargará de remunerar la fidelidad y el agradecimiento de su corazón.

"Con cántico alabaré el nombre de Dios, y con acción de gracias le exaltaré" (Salmos 69:30).

"La mujer agraciada tendrá honra, Y los fuertes tendrán riquezas." (Proverbios 11:16).

Así como estos versículos, existe una extensa cantidad de versículos bíblicos donde el Señor demanda que seamos agradecidos. Es más, el que seamos agradecidos es la voluntad perfecta de Dios. "Sean agradecidos en toda circunstancia, pues esta es la voluntad de Dios para ustedes, los que pertenecen a Cristo Jesús." (1 Tesalonicenses 5:18-20).

# CAPÍTULO 4
# Una boca llena de amor

*El que no ama, no ha conocido a Dios; porque Dios es amor.*

(1 Juan 4:8)

Desgraciadamente, el amor es a veces lo que más nos hace falta. Existen líderes que tienen ideas maravillosas, pero no aman a las personas. La iglesia de Cristo existe a causa del amor y sin amor será difícil tener seguidores a largo plazo, porque no hay bendición en el mucho trabajo si no hay amor. La biblia explica que trabajar sin amor es ser como un címbalo que retiñe y nada más; no hay propósito eterno en el trabajo sin amor, es algo vacío y efímero, es hojarasca que el fuego consume, no permanece.

De hecho, creo que uno de los grandes problemas en las iglesias es la falta de amor. Un cargo en la congregación o un título suena muy tentador para quienes tienen la necesidad de sentirse útiles e importantes, que en realidad somos absolutamente todos los seres humanos. Todos necesitamos validación y reconocimiento al saber que hacemos cosas de provecho. Sin embargo, no importa que tan dinámico y bien planeada sea su agenda de líder, si la gente no se siente amada, su plan no les importa y no lo seguirán. A veces es necesario, que en lugar de hablar de planes de trabajo o de cosas superficiales con la gente que nos rodea, tomemos un tiempo para simplemente mostrar el amor diciendo palabras que demuestren nuestro interés. Preguntándole a las personas, "¿Cómo estás?", "Estoy orando por ti", "Espero que todo esté bien", "¿Necesitas algo?".

Hay un dicho en ingles que me fue repetido numerosas veces en la universidad mientras hacía mi entrenamiento para ser maestra. *"They don't care how much you know, until they know how much you care"*. La verdad es que a muchos estudiantes no les interesa cuanto usted sepa hasta que ellos sepan cuanto ellos le interesan. Es bueno estar siempre preparado para dar una buena clase y siempre debemos esforzarnos por capacitarnos y aprender cosas nuevas, sin embargo, si nuestros esfuerzos carecen de amor, la gente lo percibe e inevitablemente dejará de escuchar sus enseñanzas o sus instrucciones como líder. Entonces estas se convierten en palabrerías. Címbalos que retiñen y nada más. Para evitar esto, cuando hablemos, asegurémonos de respaldar nuestras palabras con el amor profundo de Dios en nuestras vidas.

Según Pablo, el amor de Cristo constriñe, esto es, que el amor de Cristo obligaba a Pablo a predicar y a vivir una vida de acuerdo a la misión de Dios. El amor de Cristo nos da esa pasión por las personas. Pablo no predicaba porque había sido instruido con los mejores maestros judíos. Pablo no predicaba solo porque sabía que era un hombre sabio y respetado entre los judíos. ¡Pablo predicaba por amor! Cristo no vino al mundo porque era Dios, ¡él vino al mundo y dejó su gloria celestial por amor! Una boca llena del amor de Dios siempre podrá ser de bendición. ¿Cómo nos llenamos del amor de Dios de tal manera que otros no puedan resistir ese amor y se sometan a Cristo? El amor de Dios es incondicional, ¿y nuestro amor? ¿Qué condiciones pone?

Pablo dice: "Si no tengo amor, de nada me sirve…", ¿por qué? Porque es el amor el que nos va a ayudar a desear con todo nuestro corazón el poder hablar bendición sobre los demás. Si usted dice tener a Cristo, pero no ama, entonces miente. Es imposible ser cristiano y no amar. Si en alguna ocasión se siente falto de amor por alguien, revise su corazón y venga a Cristo para que llene su vida de ese amor tan especial. Solo así podrá hablar bendición sobre otros. La biblia habla a través de Pablo en 1ra de Corintios 13:

"Si no tengo amor, de nada me sirve hablar todos los idiomas del mundo, y hasta el idioma de los ángeles. Si no tengo amor, soy como un pedazo de metal ruidoso; ¡soy como una campana desafinada! Si no tengo amor, de nada me sirve hablar de parte de Dios y conocer sus planes secretos. De nada me sirve que mi confianza en Dios me haga mover montañas. Si no tengo amor, de nada me sirve darles a los pobres todo lo que tengo. De nada me sirve dedicarme en cuerpo y alma a ayudar a los demás." (versos 1-3).

No importan sus obras, el amor es más importante. Su boca nunca podrá ser de bendición si su corazón no ama.

Recuerde que todos somos líderes. Líderes en nuestro hogar, en nuestra iglesia en nuestro trabajo, escuela, etc. ¡Y sin amor estamos perdidos! No hay nada peor que tener que seguir y obedecer a una persona que no nos ama. Se puede convertir en una tortura obedecer a alguien a quien usted no le interesa. El amor debe ser palpable. El amor real no se puede esconder. Para entender esto, sería bueno estudiar individualmente el ejemplo de Jesucristo y sus seguidores porque la verdad es que, cuando un líder ama, la gente lo sigue.

## Alentar más y criticar menos

Cuando pienso en la parte carnal de Jesús y en el llamamiento de los doce discípulos. Mi mente se estanca muchas veces en Judas y en Pedro. Cuando estaban cenando, Jesús declaró que uno de ellos lo traicionaría. Jesús sabía que no todos sus discípulos tomarían las decisiones correctas todo el tiempo y, sin embargo, se dedicó a enseñarles y a amarlos. Oró por ellos y los puso en manos del Padre. En ningún momento leo yo en la biblia algo como: "Jesús trató a Judas con rencor, o desprecio, o con cautela porque sabía que no era sincero" Jesús lo amó y le dio la oportunidad de caminar con él, aun sabiendo que no era sincero y que lo traicionaría. Jesús también le declara a Pedro que lo negaría, sin embargo, Jesús lo amó y lo preparó para que fuera la base de la iglesia de hoy en día. Jesús no se concentró en los defectos de estas personas y trató de recriminarles en cada oportunidad. ¡Y si lo hubiera hecho, habría tenido toda la razón! No es agradable que tus seguidores y amigos más cercanos te traicionen. Pero Jesús se concentró en amarlos. Me imagino a Jesús sintiendo compasión por Judas. También me imagino a Jesús amando a Pedro más allá de sus fracasos y mirándolo a futuro, lleno del Espíritu Santo, y concentrándose en mostrarle su amor a pesar de sus defectos. Veo a Jesus concentrado en amar y enseñar, más que en recriminar y criticar.

Si nos fijamos, Jesus no critica ni recrimina errores, él sabe que somos imperfectos, el problema más bien era cuando la gente pensaba que no tenía errores y se sentía con el derecho de recriminar y juzgar a otros. A estas personas Jesús les llamaba hipócritas. La verdad es que cuando nosotros aceptamos lo mucho que necesitamos la gracia de Dios cada día, él siempre está ahí, para alentarnos. La relación que nosotros tengamos con el Espíritu Santo nos ayudará a reconocer lo rotos que estamos y cuando venimos a Cristo, él nos restaura. Imitemos a Jesús, dejemos que el Espíritu Santo haga su obra, y dediquémonos a alentarnos unos a otros en nuestra relación con el Espíritu Santo, aun a pesar de nuestros errores.

Yo pasé por un periodo donde me era más fácil ver todos los defectos de mi esposo. A mi parecer, ¡eran defectos genuinos! Él no es perfecto y comete errores (igual que la mayoría de nosotros). Entonces, como yo sentía que tenía la razón, me dedicaba a recordarle sus errores cada vez que podía. Hasta varias veces en un solo día. Y la primera vez él me decía ok, perdón. La segunda se quedaba callado… pero la tercera vez se enojaba. Pero, ¿por qué? ¡Si yo tenía razón! Entonces le pedí sabiduría e iluminación al Espíritu Santo. Fue cuando descubrí que yo me estaba volviendo una mujer fastidiosa. Nadie quiere estar con una persona que siempre te recuerda tus fallas. ¡Alguien que te critica en tu cara todo el tiempo! Y menos dormir con esa persona, y criar niños con ella. ¡Nadie quiere eso!

Y me fue difícil cambiar, ¡porque yo sentía que yo tenía la razón! Pero el Espíritu Santo tomó control y le permití que me mostrara un claro concepto de mí misma. ¡Fue entonces que me empecé a caer mal hasta yo misma! Empecé a ver también mis propios defectos. Entre muchas cosas, esta pregunta era algo recurrente por parte del Espíritu Santo: ¿Por qué siempre tenía esa urgencia de demostrar que yo tenía razón? ¡Eso era orgullo! Entonces opté por ver las cosas positivas de mi esposo. ¡Qué son muchas! ¡Realmente es un hombre lleno de virtudes! ¡Por eso me enamoré de él! Es un gran hombre. Así que ahora trato de escoger solo las cosas por las que vale la pena pelear. Quiero ser feliz y hacerlo feliz a él. Entonces si no quiere acompañarme a un lugar que no es importante, no me enojo, ni le grito, ni le hago ver porque debe acompañarme. Lo dejo que se quede en casa. Si lo que hace mal no tiene graves consecuencias, lo dejo pasar. Elijo las cosas que son realmente importantes y las hablo con el pidiéndole a Dios que me de sabiduría para no dejar de ser bendición a su vida a través de mis palabras. Así que como no trato de pelear, ni de explicar mi razonamiento por todo, cuando hablo tengo más éxito. Se me escucha con mejor disposición, nuestros hijos reciben un mejor ejemplo y todos la pasamos mejor. Además, trato de alabar y bendecir a mi esposo cuando hace algo bueno. Lo bendigo con mis palabras cada vez que tengo oportunidad. No estoy diciendo que esto es algo sencillo. Lo entendí y empecé a trabajar en el asunto. Tengo más éxito que en años anteriores, pero al pasar los años podría ser fácil recaer, debemos estar siempre conectados con Dios para que nos ayude a reaccionar correctamente. Es una tarea constante y a largo plazo, pero se puede lograr. Los resultados me han sorprendido de forma muy positiva. Pero, si un día fallo, pido perdón a Dios y lo intento de nuevo al día siguiente. Yo sigo tratando de hacer mi parte cada día. Y lo demás, lo demás lo pongo en las manos de Dios. ¡Y Dios realmente hace maravillas!

Hay un principio que nos dice que la alabanza causa repetición. Este es un principio importante. Lo que más alabes es lo que la otra persona tendrá la tendencia a repetir más. Lo que más critiques causará rebeldía y heridas. Con esto no digo que no hagan ver lo malo, pero recuerden también alabar lo bueno.

Según he leído en diferentes fuentes, algunos psicólogos dicen que debes dar cinco halagos por cada crítica constructiva. Cuando una persona es negativa de pensamiento, batalla para ver las cosas buenas y se concentra en las malas. Sin embargo, nosotros tenemos que desarrollar relaciones positivas con las personas, de no ser así nunca podremos ser efectivos al reprender las malas acciones y actitudes de otros. Es más fácil que estas reprensiones sean aceptadas y de bendición a la otra persona cuando estamos dentro de una relación positiva. ¡Sí! la crítica constructiva, en el momento adecuado, con la relación adecuada, también es bendición.

¿Qué hizo Jesús con la mujer que iba a ser apedreada? Primero le mostró su amor. La defendió haciéndole ver a los otros que no eran mejores que ella. Habló palabras positivas. Sin embargo, también le dijo: "No peques más" Reprendió el pecado. No le dio por su lado y solo le habló bonito. (Juan 8:11). El problema es cuando nos sentimos con el derecho de decirles a las personas lo que hacen mal, sin haber desarrollado con ellos primero una relación de amor. A la mayoría de las personas les importa un comino lo que usted pueda pensar de ellos o decirles. No es hasta que comprueban que les interesa, cuando lo escuchan. Solo hasta que lleguemos a ese punto, entonces nuestra crítica constructiva, hecha de forma personal y con sabiduría podrá ser de bendición a otros.

*Fueron halladas tus palabras, y yo las comí; y tus palabras fueron para mí un gozo y la alegría de mi corazón; porque tu nombre se invocó sobre mí, oh Jehová Dios de los ejércitos.* (Jeremías 15:16)

Por otro lado, debemos reconocer que tristemente nos es mucho más fácil hablar de los problemas de otros. ¿Por qué? Porque no nos duelen igual. Cuando hay una reunión la gente tiende a hablar de los problemas de las personas a su alrededor. Cuando realmente nos interesa la demás gente, no queremos contarle de sus problemas a todo el mundo, queremos orar por ellos. No "nos entretiene" hablar de las fallas de otras personas, sino que nos duele y preferimos orar y hablar solo con las personas que sabemos que nos van a ayudar. Hablamos con propósito de nuestros propios problemas. Tenemos cuidado a quien se los contamos, pero, ¿y los demás? Ellos no nos duelen tanto así que puedo tener una plática "entretenida" sobre esta persona.

Es cierto que Dios nos manda a no juzgar a los inconversos, pero sí debemos analizar bien ciertas situaciones dentro de la iglesia y ver los frutos de las personas. Mateo 7:15-20 dice: "Cuidaos de los falsos profetas, que vienen a vosotros con vestidos de ovejas, pero por dentro son lobos rapaces. Por sus frutos los conoceréis. ¿Acaso se recogen uvas de los espinos o higos de los abrojos? Así, todo árbol bueno da frutos buenos; pero el árbol malo da frutos malos. Un árbol bueno no puede producir frutos malos, ni un árbol malo producir frutos buenos. Todo árbol que no da buen fruto, es cortado y echado al fuego. Así que, por sus frutos los conoceréis." Sin embargo, cuando no estamos hablando de un principio bíblico, no hay porque ser tan prontos para juzgar. A veces queremos analizarlo todo tan profundamente y nos enfocamos tanto en los frutos de otros, que distraemos nuestra mente de nuestras propias faltas y, sin darnos cuenta, dejamos formar una viga en nosotros, por estar viendo las astillas de otros. (Ver Mateo 7:5).

Además, a veces estamos tan concentrados en ver los frutos, o las acciones de otros, que nos olvidamos de las personas. Convertimos a nuestros hermanos en acciones y los valoramos de acuerdo a eso sin tomar en cuenta su situación o su corazón. Nos aferramos tanto en lo que hace la gente que dejamos de amar a la gente. Las personas siguen siendo personas amadas por Dios y ninguna mala obra hará que Dios nos ame con menos intensidad. Entonces, ¿nosotros por qué perdemos el balance entre el amar y juzgar?

Veamos lo que dice la biblia:

"No juzguéis, para que no seáis juzgados. Porque con el juicio con que juzgáis, seréis juzgados, y con la medida con que medís, os será medido. ¿Y por qué miras la paja que está en el ojo de tu hermano, y no echas de ver la viga que está en tu propio ojo? ¿O cómo dirás a tu hermano: Déjame sacar la paja de tu ojo, y he aquí la viga en el ojo tuyo? ¡Hipócrita! saca primero la viga de tu propio ojo, y entonces verás bien para sacar la paja del ojo de tu hermano." (Lc. 6.37-38,41-42).

Cuando nosotros estamos sinceramente ocupados en intimar con Dios y tener una relación profunda con él. El ver los errores nos parecerá escaso de importancia. Dios nos guiará a amar a otros mientras arreglamos nuestras propias fallas y damos testimonio de lo que Dios hace en nosotros mismos. Con esto no quiero decir que nos rodeemos de gente que no nos ayude a crecer y que hagamos esto por amor. Debemos tratar siempre de tener un círculo íntimo de personas que nos ayuden en nuestra relación con Dios y que nos animen e inspiren a ser mejores personas. Lo que significa que habrá personas con las que probablemente no tendremos relaciones cercanas, aunque amemos a estas personas, a veces estas personas no reciben nuestro amor y nos estancan espiritualmente. No dejaremos de orar y de amar a estas personas. La biblia dice en Gálatas seis: "Hermanos, si alguno fuere sorprendido en alguna falta, vosotros que sois espirituales, restauradle con espíritu de mansedumbre, considerándote a ti mismo, no sea que tú también seas tentado". Debemos tratar siempre a todos con amor, no debemos confundirnos. El dolor de otros nos debe doler y debemos tratar de ayudar en lugar de juzgar. Sin embargo, no olvidemos pedir a Dios sabiduría, asegurándonos de no caer nosotros mismos.

## Ayudar a sanar a otros

Suele suceder que andamos por la vida con una actitud equivocada. Noten que no necesariamente estamos con las personas equivocadas, sino con una actitud equivocada. Cuando tenemos la actitud equivocada puede pasar que las personas se enojen con nosotros y que hasta nos dejen de hablar. Va a haber personas que van a herirnos con su actitud y al mismo tiempo nosotros heriremos a otros con nuestra actitud. Pero si Dios dice que todos debemos ser ejemplo y enseñar con amor, entonces nuestra actitud no debería ser egoísta.

No deberíamos pensar: "Yo estoy herido por tu actitud" sino, "¿de qué forma puedo ayudarte a cambiar esa actitud o a no provocarla?". Eso sería lo ideal.

Van a venir personas o cosas que nos van a desilusionar. Nadie es perfecto. Sin embargo, debemos limpiar nuestro corazón de toda amargura. Necesitamos venir constantemente a Cristo para que sane nuestro corazón y lo limpie para así reenfocar nuestra carrera. A veces también tendremos líderes que nos parecerán difíciles de seguir. Pero debemos orar a Dios y examinar nuestros corazones. Tal vez nos parezca difícil porque no estamos siendo humildes. Tal vez sea difícil porque en realidad estén mal, pero debemos tener mucho cuidado al decidir la razón y auto examinarnos nosotros primero. En todo caso el final ideal no sería pelear, sino pedir sabiduría para exponer nuestro caso con amor. Si usted es un líder o pastor ya debe saber que la biblia habla de las actitudes que un siervo de Dios debe tener. En 2 Timoteo 2:24-26 dice: "Y el siervo del Señor no debe ser rencilloso, sino amable para con todos, apto para enseñar, sufrido, corrigiendo tiernamente a los que se oponen, por si acaso Dios les da el arrepentimiento que conduce al pleno conocimiento de la verdad, y volviendo en sí, {escapen} del lazo del diablo, habiendo estado cautivos de él para {hacer} su voluntad". Sin embargo, no necesita usted ser un pastor o ministro para tratar de aplicar estas cualidades a su vida. Sería bueno que todos, como siervos de Dios, hiciéramos de estas actitudes nuestra meta.

Otros versículos para reflexionar son:

Colosenses 3:13:

"soportándoos unos a otros y perdonándoos unos a otros, si alguno tiene queja contra otro; como Cristo os perdonó, así también {hacedlo} vosotros."

2 Timoteo 2:14:

"Recuérdales esto, exhortándoles delante del Señor a que no contiendan sobre palabras, lo cual para nada aprovecha, sino que es para perdición de los oyentes."

Dios nos da sabiduría para ver lo que otras personas están haciendo mal. ¿Con qué propósito hará Dios esto? Creo que sólo puede ser por tres razones:

Uno: Aprender de esos errores y tener cuidado de no cometerlos nosotros mismos. (Mira la viga en tu ojo)

Dos: Para que en el momento y en la situación adecuada Dios nos de la sabiduría de animar, enseñar o amonestar con amor a la persona.

Tres: Para que oremos fervientemente a Dios por esa persona.

El problema es que normalmente pensamos que la razón es solamente la número dos e ignoramos totalmente la uno y la tres. ¡Eso es muy trágico! Aprendamos a tomar en cuenta las otras razones también.

Hay muchas personas heridas y eso muchas veces nos incluye a nosotros mismos. Debemos sanar para seguir bendiciendo a otros. No nos podemos quedar heridos. Tampoco podemos esperar a que las personas que nos hirieron se tomen el tiempo para sanarnos. Debemos venir a Cristo y abrirle nuestro corazón y ser obedientes para que sea él quien lo sane. Existen personas que tal vez disfruten estar en una cama de hospital por un tiempo gozando de los servicios de las enfermeras. Suena raro, pero como cristianos, a veces parece que nos reusamos a tomar la medicina que nuestro Doctor nos receta y nos obstinamos en seguir heridos. Sin embargo, no podemos quedarnos ahí para siempre. Sería bastante egoísta de nuestra parte decir: "No quiero sanar", "Quiero quedarme aquí doliéndome y que todos tengan que venir a servirme a mí". En realidad, tiene que llegar el momento en que nos levantemos y le dejemos la cama a otro enfermo para que pueda sanar también. Llega el tiempo de tomar nuestra medicina espiritual y seguir adelante con nuestra vida para que las enfermeras espirituales que Dios pone en nuestra vida, sirvan a otros. Es más, no solamente debemos salir del hospital, sino que es bueno que ya empecemos a ayudar a otros a sanar también.

Algo importante cuando tratamos de ayudar a otros a sanar o a aliviar su carga, es entender el concepto de empatía comparado con el concepto de simpatía. Leí un artículo llamado "Diferencia entre empatía y simpatía" y me pareció interesante. Trataré de explicarlo, cuando usted siente simpatía por el problema de alguien a veces trata de ser simpático y aminorar lo negativo y resaltar lo positivo. Sus intenciones pueden ser buenas, pero no siempre ayuda. Por ejemplo, digamos que está usted enfermo de cáncer y sus amigos tratan de hacerle ver lo positivo. Le dicen que dé gracias a Dios por lo que tiene y por poder sobrellevar el tratamiento, etc. Todo esto es muy bueno, pero no hay esa empatía por su problema, la empatía causa una conexión más allá de la simpatía. La empatía trata de ponerse en sus zapatos. La persona sinceramente se duele, y, por lo tanto, le acompaña en su dolor. La empatía es ayudar con las cargas para aminorarlas, la simpatía es simplemente querer ayudar a que la otra persona las supere sola. Nosotros debemos tener no solamente simpatía, sino también empatía por otros. La biblia dice: " Gozaos con los que se gozan; llorad con los que lloran." (Romanos 12:15) y también dice: "Sobrellevad los unos las cargas de los otros, y cumplid así la ley de Cristo" (Gálatas 6:2).

Pedir disculpas también es muy bueno para el proceso de sanidad. Pedir perdón o disculpas tiene un poder liberador tanto para el ofensor, como para el ofendido. Pero, no se trata de disculparnos solamente, se trata de ayudar a sanar a la otra persona. Nos disculpamos y en nuestra explicación embarramos a alguien más y la persona nos perdona a nosotros, pero no está sanada porque ahora esta resentida con otra persona y el resentimiento no es sano para nadie.

Cuando nos enojamos con una persona o cuando nos lastiman y nos sentimos frustrados empezamos a hacer en nuestra mente una larga lista de las cosas que esa persona nos ha hecho. Y empezamos a darnos la completa razón de sentirnos frustrados y enojados. Las lágrimas empiezan a correr y somos (en nuestra mente) totalmente victimizados por esta persona y nos decimos a nosotros mismos, ¡que se acabó! Qué no aguantaremos más y empezamos a trazar el plan de contraataque.

Si nos detenemos en ese momento y oramos. Y le pedimos a Dios fuerza, amor, paciencia y sabiduría, el Espíritu Santo viene, nos apacigua y nos guía. Es decir, nos ayuda a actuar con la cordura y el amor de Dios y no con nuestra amargura y frustración humana. Nos llena.

"Porque aquel a quien Dios ha enviado habla las palabras de Dios, pues El da el Espíritu sin medida" (Juan 3:34). Es decir, nos equipa para tener la reacción correcta y sobretodo, nos llena de su Espíritu para tener una boca que habla las palabras de Dios, una boca que bendice.

Un ejemplo claro de lo importante que es ayudar a sanar a otros, son las relaciones entre familia y entre parejas. Estas relaciones pueden llegar a ser muy difíciles, pero como bendecidos y llamados por Dios debemos tratar de ser siempre ayuda a otros y no carga. Aun si algún día, por alguna situación, tenemos que ser carga física a otros, debemos tratar de aliviar esta carga física tratando de ser de bendición espiritual. Siempre podemos orar por otros y rogar el favor de Dios sobre las vidas de los que nos ayudan. El problema es cuando las relaciones ya de por si son difíciles y encima de eso, nosotros como cónyuges, o como familia, agrandamos la carga. Por ejemplo, si yo sé que mi esposo y su madre tienen momentos difíciles en su convivencia, yo no voy, por ningún motivo, a hacer más pesada esa carga. Sino al contrario; la voy a tratar de hacer más ligera para mi cónyuge, voy a tratar siempre bien a mi suegra y a su familia. Entre ellos podrán tener sus roces, pero son familia y se aman. Yo no voy a contribuir a esos roces. Voy siempre a tratar de ayudar a sanar no añadiendo carga sobre mi cónyuge. No voy a pelear con su familia o a calentarle la cabeza con mis puntos de vista acerca de cierta actitud de su familia. No ser piedra de tropiezo para nuestro prójimo (que en este caso el prójimo podría ser nuestro cónyuge u otros miembros de la familia), es un mandato de Dios. Debe ser al contrario, debemos ser de ayuda, debemos siempre aminorar la carga de nuestros cónyuges con su familia y hasta ser pacificadores. Sin embargo, a veces el esposo, o la esposa hacen la carga aún más pesada, subrayando los defectos que probablemente su cónyuge ya sabe que su familia tiene. ¡Aminore la carga! No añada al problema trayendo sus propias ideas y exigiendo que se sigan siempre. En el ambiente familiar siempre debe haber un balance de respeto. Si alguno rompe ese balance, usted siga en su balance y deje que Dios ponga las cosas en su lugar. No es necesario poner a su cónyuge o aun a sus hijos en situaciones difíciles. Una persona sabia nunca le dará a escoger a su pareja entre él o su familia. Mucho menos hará esto con sus hijos o hermanos. Por el contrario, querrá lograr ganarse su lugar y el respeto de todos con su comportamiento balanceado y neutral. Normalmente, esto dará un mejor resultado en cuanto a la sanidad emocional y espiritual y será más fácil para su familiar aprender sus prioridades y darle su lugar a cada persona sin necesidad de que usted lo reclame. Es decir, la sanidad vendrá más fácil si usted tiene cuidado de no meter su dedo y picar las heridas.

Otro error que no nos ayuda a sanar es pensar que nuestra pareja tiene que querer pasar tiempo con nosotros solo porque es nuestra pareja. Pensamos esto, sin darnos cuenta de que, en verdad, a veces, somos las personas más antipáticas del mundo cuando estamos con ellos. Nuestra pareja debe ser nuestro mejor amigo y a veces la tratamos, ¡como a nuestro peor enemigo! O como si fueran nuestros hijos pequeños a quienes debemos enseñar y disciplinar, ¡o como nuestros sirvientes! Nadie quiere pasar tiempo con alguien que lo trate así. Analicemos nuestro comportamiento y ayudemos a sanar relaciones. La próxima vez, piense de qué forma podría comportarse para que su pareja quiera estar con usted. Sea agradable, simpático, preocúpese porque su pareja la pase bien mientras está con usted.

Lo mismo puede pasar con familiares o amigos cercanos. Pensamos que tienen la responsabilidad de soportarnos porque sabemos que nos aman, pero pensemos por un momento, ¿que damos nosotros? ¿Damos carga o somos realmente bendición? Si usted es bendición, jamás tendrá problemas para relacionarse con otros. Es más, siempre habrá alguien que querrá pasar tiempo con usted. A Jesús lo seguían multitudes. ¿Por qué? Lea los siguientes versos:

"Y viendo las multitudes, tuvo compasión de ellas, porque estaban angustiadas y abatidas como ovejas que no tienen pastor." (Mateo 9:36).

"Y le seguía una gran multitud, pues veían las señales que realizaba en los enfermos." (Juan 6:2).

Si nosotros tratáramos de ser más como Jesús, tendríamos siempre seguidores y tendríamos también esos amigos íntimos que necesitamos en los momentos de inquietud. Tendríamos ese círculo de apoyo que Jesús creó con sus discípulos. Por esto siempre es bueno que amemos y tratemos bien a todas las personas. Especialmente a nuestros hermanos en fe, y sobre todo, es necesario que tengamos un pequeño círculo de personas a las que podemos acudir para que nos apoyen en momentos difíciles.

He escuchado la historia de muchos abuelos que se sienten solos, también he escuchado las historias de los hijos que no desean pasar tiempo con sus padres. Esto es algo difícil. La biblia dice que dejará el hombre a su padre y a su madre y se unirá a su mujer. Es bíblico formar nuevas familias y desligarse de los padres, sin embargo, la biblia también dice en Éxodo 20 y en Efesios 6, que debemos honrar a nuestros padres. No solo dice honra, sino que también nos condiciona, "para que te vaya bien y se alarguen tus días". Entonces, cuando los hijos se casan deben poner a su cónyuge en un lugar de privilegio y debe haber una separación entre hijos y padres, pero no total. La biblia no dice hónrelos hasta que sea adulto y luego olvídese de ellos. Si bien es cierto que en la edad adulta los padres pasan a un segundo plano, también es cierto que nunca deberían dejar de existir para los hijos. ¿Qué significa dar honor? "El significado bíblico de la palabra honra deriva del hebreo *kabôd* que indica gloria. Honrar a Dios y a los padres, por ejemplo, implica alabar y estimarlos a través de la obediencia, el respeto, la admiración y la retribución. Sinónimos de honra son: respeto, estima, gloria y admiración." (Tomado de significados.com). Honrar es tratar de traer gloria y cuidado a nuestros padres sin importar nuestra edad. Ya no tenemos que obedecerlos en todo, pero sí tenemos que honrarlos. Si queremos que nos vaya bien debemos bendecir a nuestros padres. Bendecirlos con nuestra boca, con nuestra atención y con nuestras actitudes. Entiendo que hay padres que no merecen la honra de sus hijos, pero la biblia no dice que solo honremos a los buenos padres. Si queremos obedecer a Dios, entonces es necesario bendecir a nuestros padres hasta donde podamos. Si así lo hacemos, según la biblia, eso traerá cosas buenas para su propia vida de parte de Dios.

El ayudar a otros y el estar dispuestos a usar nuestra boca para ser de bendición y ayudar a sanar a personas lastimadas, no solo nos acercará más a nuestro propósito divino, sino que, a la larga, también nos hará personas más felices, con relaciones mucho más exitosas.

# CAPÍTULO 5
# Una boca que da testimonio

*pero recibiréis poder cuando el Espíritu Santo venga sobre vosotros; y me seréis testigos en Jerusalén, en toda Judea y Samaria, y hasta los confines de la tierra.*

(Hechos 1:8)

La razón por la que no podemos dar testimonio es, muchas veces, porque no hemos entendido nuestra identidad como hijos de Dios y nuestro papel o rol en las diferentes identidades que Dios nos llama a tener. A veces nos identificamos como nosotros mismos. Egoístamente queremos ser quienes nosotros queremos ser. Yo soy Karina, pero Dios no quiere que yo sea solo Karina, ¡Dios nos llamó para algo todavía mucho mayor que eso! Dios mismo se identifica a sí mismo de diferentes maneras en relación a nosotros y de acuerdo a nuestra necesidad. Nos dice: "Yo soy Jehová, tu Dios", Jesús dice: "Yo soy el camino, la verdad y la vida". Por lo tanto, para dar testimonio y bendecir a otros, yo debo entender que no soy solo

Karina, yo soy, en primer lugar, hija del Dios vivo. Soy esposa de Gerardo, madre de Gerardo Iván y de Israel. Soy hija de _____, amiga de ____, hermana de ______, etc. Note que he puesto espacios para nombres específicos, porque debemos entender, no solamente la unicidad de nuestra identidad, sino también la de las personas que Dios puso en nuestras vidas. Deje le explico; tenemos un papel general que nos identifica como hijos. Sin embargo, no es lo mismo ser la hija de Fulanita, que ser el hijo de Zutanita. Dentro de mi papel principal en la vida, que es ser hija de Dios, Dios me ha dado otros papeles que forman parte integral de mi identidad. Si yo me aferrara a ser solo Karina, y no entendiera las diferentes ramificaciones de acuerdo a mi identidad como hija de Dios, no estaría siendo como Dios y no podría cumplir mi propósito. No cumplir nuestro propósito puede hacernos infelices, no solo a nosotros, sino también a otros.

En cierta Navidad observaba en mi iglesia un coro de niños cantar y al verlos mi corazón se sentía adolorido al pensar en si sus padres serían solo ellos mismos, o si ya habrían aceptado su identidad como padres. El entender su identidad de padre conlleva también el asumir sus responsabilidades, físicas, emocionales y espirituales para con sus hijos. Necesitamos entender quiénes somos y entender que el Dios al que pertenecemos es GRANDE, MUY GRANDE (sí, estoy gritando), y vivir de acuerdo a esto.

En mi iglesia nos invitaron a un reto que consistía en memorizar algún capítulo más o menos largo de la biblia. Pero no era solo memorizarlo sino estudiarlo, escudriñarlo y entenderlo. Yo escogí Génesis 1 y nunca pensé que un capítulo tan directo y según yo, sin gran valor espiritual pudiera enseñarme tantas y tantas cosas sobre mi propia identidad y el Dios que me creó. Entendí, de una forma más personal y profunda, que Dios es mi proveedor siempre. Dios creó el universo y no puso al hombre en él, hasta que tenía todo lo necesario para su subsistencia. Dios primero proveyó y luego puso a Adán en el huerto. Me di cuenta que Dios jamás nos dará una tentación sin darnos también la salida. Que Dios jamás nos pondrá en una situación sin darnos antes las armas para atravesar esa situación. Solo tenemos que confiar. Además, entendí del gran valor que tenemos para Dios como seres humanos. Dios mando al hombre que enseñoreara sobre todo lo que había creado. Dios pensó que podíamos ser líderes y manejar todo tipo de situaciones. Dios nos dotó de sabiduría.

También debemos tener clara la identidad de nuestro creador. ¿Quién es Dios para nosotros? La visión que tenemos de Dios se reflejará siempre en nuestras palabras. Se reflejará esta visón aun en nuestras conversaciones, no solo en nuestras conversaciones con la gente, sino también en nuestras conversaciones con Dios. Dios no solo es el Rey, creador del cielo y de la tierra, también es nuestro redentor, nuestro estandarte (Éxodo 17:15), es

Jehová Shalom, nuestra paz (Jueces 6:23-24), Jehová Rafa, nuestro sanador (Éxodo 15:26) y Jehová Yiré, nuestro proveedor (Génesis 22:13,14). Él lo es todo y si tenemos esto claro, podremos testificar más eficazmente.

Ser testigos es contar de las maravillas de Dios en su vida. En cierta ocasión una amiga me dijo muy frustrada que cierto familiar se dedicaba a publicar muchas tonterías en las redes sociales. Dijo: "Odio poner cosas negativas, pero, ¿cómo puedo hacerles ver que están mal?" ¡Ojo! Una boca que bendice no busca tener la razón. Una boca que bendice simplemente habla de las maravillas de Dios. Una boca que bendice publica lo que Dios hace en su propia vida sin necesidad de estar constantemente reprobando públicamente lo que otros hacen mal. Así que le dije, "Concéntrate en publicar lo que Dios es para ti y lo que ha hecho en tu vida. Olvídate de las discusiones tontas". En cierta ocasión escuché decir a mi pastor algo que me encantó. Él dijo: "Mi opinión al respecto no es importante, lo que dice la biblia es importante, léela" El mundo no necesita personas de habla elocuente que sepan cómo probar que tienen razón. El mismo Pablo le dice lo siguiente a Tito: "Pero evita controversias necias, genealogías, contiendas y discusiones acerca de la ley, porque son sin provecho y sin valor." (Tito 3:9). He conocido a personas cristianas, que dicen amar a Dios y que dedican la mayor parte de sus energías a *hablar de Cristo.* Sin embargo, no *hablan de Cristo* para testificar y dar a conocer las buenas nuevas de salvación. Tampoco *hablan de Cristo* para fortalecer la fe de otros y animarlos a mantenerse firmes. *Hablan de Cristo* para defender sus propios puntos de vista y para hacer ver a otros cristianos los errores en los que están viviendo. Ahora, no digo que no debamos externar nuestros puntos de vista. Todos tenemos derecho a hacer esto, pero cuando la mayor parte de nuestro tiempo estamos tratando de convencer a otros cristianos de sus errores doctrinales, creo que estamos perdiendo valioso tiempo y recursos. Debemos estudiar la biblia y tener cuidado de no caer en falsas creencias, pero es triste cuando hay una gran necesidad de que lo que usted diga, sea mejor que lo que otros dicen. A esto yo le llamaría fariseísmo. Si usted ya le habló a alguien y sigue en su error, debemos tener claro que no podemos tomar el lugar del Espíritu Santo, no importa que tan elocuentes seamos para hablar o que tan bien informados estemos en términos doctrinales. Es imprescindible que entendamos que *"hablar de Cristo"* es llevar el mensaje de salvación por todos los medios posibles a todas las personas posibles. No perdamos nuestro tiempo y dediquémonos realmente a hablar de Cristo y a animar a otros para que a su vez también ellos puedan hablar a otros de Cristo. ¡Nuestro mundo lo necesita!

En ciertas ocasiones (muy pocas) Dios nos da la oportunidad de reprender a otros individualmente, para que salgan de su error y sean bendecidos, pero cuando se trata de personas necias que no conocen el amor de Dios, no es necesario discutir, sino testificar. La palabra testigo viene del griego mártir. El diccionario define mártir como una persona que sufre o muere por defender su religión o sus ideales y también dice que un mártir es una persona que padece sufrimientos e injusticias con resignación (Definición de Léxico).

No podemos testificar a otros de Cristo sin esperar que no nos critiquen, sin esperar que no haya oposición. Lo más seguro es que la habrá, pero un testigo de Cristo no trata de probar que tiene razón, porque sabe que la tiene y Dios no necesita que nadie lo defienda. Dios necesita que nos preocupemos por obedecer su palabra. Obedezca a Dios al predicar las buenas nuevas, hable del sacrificio de Cristo en la cruz, hable del perdón de pecados y de la vida eterna que Dios ofrece para todos los seres humanos, pero también asegúrese de someter su propia vida al Espíritu Santo y de estar siempre lleno de amor. Ese es el testimonio que el mundo necesita. Un testimonio que no solo consista en discusiones, sino en testimonios respaldados por vidas transformadas.

# CAPÍTULO 6
# Una boca pacificadora

*Bienaventurados los pacificadores: porque ellos serán llamados hijos de Dios.*

(Mateo 5:9)

La paz mundial no existe. La raíz de las guerras y hostilidades es el pecado. El egoísmo, la codicia, la lujuria, y todas estas cosas casi siempre terminan causando violencia. En el momento en que el hombre rechazó a Dios, vivimos en una guerra espiritual contra Satanás, quien es el príncipe de este mundo. Sin embargo, Cristo dice: "La paz les dejo; mi paz les doy…" y también dice en Juan 16 que en él hallaremos paz. Incluso en Filipenses la biblia nos dice que "la paz de Dios, sobrepasa todo entendimiento". Entonces, ¿podemos tener paz? Y si tenemos la paz de Jesús, ¿cómo la mostramos al mundo? La verdad es que el evangelio, aunque puede traer división entre las personas, es el único mensaje de paz. Solo Cristo puede, a través de la reconciliación que proveyó su muerte, darnos paz. Si esto es así, entonces los cristianos somos los portadores de la paz verdadera y, por lo tanto, pacificadores. Una persona pacificadora tranquiliza o calma situaciones difíciles o tempestuosas. Nosotros como cristianos debemos tener una boca que no sea pronta para pelear y causar confusiones, sino que debemos ser pacificadores en nuestro diario vivir.

Mientras escribía este libro se levantaron manifestaciones contra el racismo por todo Estados Unidos a causa de la muerte de George Floyd, un estadounidense de raza negra, al cual unos policías de raza blanca arrestaron de forma violenta. Quiero citar los hechos, pero no voy a dar mi postura política, ni tengo la más mínima intención de criticar o alentar a grupos o movimientos (por lo menos, no en este libro). Es simplemente que, individualmente, esto me hizo pensar en la manera en que podemos mostrar el amor de Dios y bendecir con nuestra boca a las personas sin importar su color de piel o su cultura. Entonces hice un análisis de las cosas que a veces escuchamos que la gente buena dice sin pensar en el tipo de atmósfera negativa que está creando a su alrededor. Una vez escuché a una persona de México decir que los indígenas sufrían mucha discriminación y que no era justo. Entonces prosiguió diciendo que tal vez deberían de vestirse *"normal"* para que la gente los aceptara y no tuvieran que sufrir para encontrar empleos. Al decir *normal* esta persona se refería a que los indígenas no llevaran su vestimenta típica, sino que optaran por la moda occidental. Esto me hizo pensar en lo enraizado que podríamos tener en nuestros corazones el hacer acepción de personas. No es que seamos malos, la mayoría de nosotros quiere igualdad, pero no logramos entender las diferencias culturales. Para estos indígenas, esa ropa es *lo normal*, aun si para algunos de nosotros pueda ser ropa rara o diferente. En otra ocasión alguien me refirió que no debía dejar el carro abierto porque había muchas personas de cierto grupo en ese lugar. Le contesté que en todos los grupos étnicos existe gente ladrona. Una cosa es cuidar tu carro de los ladrones y otra muy diferente es decir que tienes que cuidar tu carro de cierto grupo. Hacer este tipo de comentarios no puede ser de bendición a nadie. Cuidemos lo que hay en nuestro corazón y pidámosle a Dios que nos ayude a hablar sin prejuicios. El hecho de que una persona tenga cierto color de piel, que vista de cierta forma o que permanezca a cierta cultura, no significa que no necesite ser tratado con dignidad.

Al mismo tiempo, reflexioné en todo el odio que toda esta publicidad y pláticas podrían anidar en nuestros corazones. Es bueno estar conscientes de lo que pasa a nuestro alrededor, pero a veces las noticias, nuestras conversaciones y nuestras publicaciones cibernéticas, podrían alimentar el odio y no la paz. Debemos tener cuidado. Es claro que debemos vencer el mal con el bien, el problema es cuando no tenemos claro cuál es el bien. Como cristianos necesitamos reconocer que solo el amor y la paz de Cristo pueden vencer el odio. La biblia dice: "¡Cuán hermosos son sobre los montes los pies del que trae alegres nuevas, del que anuncia la paz, del que trae nuevas del bien, del que publica salvación, del que dice a Sion: Tu Dios reina!" (Isaías 52:7).

Entonces, para ser pacificadores, y no quedarnos de brazos cruzados ante la violencia, debemos, hoy más que nunca, inundar a los que nos rodean con el mensaje de amor y paz que Cristo representa.

## Guardar silencio

A veces no podemos ser pacificadores simplemente por no desarrollar la habilidad de callar. Esto es algo que me cuesta mucho trabajo a mí, personalmente. Yo todo lo quiero hablar y lo hago con la idea de que al hablar estoy siendo pacificadora. Pero no siempre es así, a veces caemos en peleas por la simple y sencilla razón de no saber callar. Cuando está enojada la persona con la que estamos tratando de hablar, no es necesario continuar la conversación, solo estamos echándole más leña al fuego. La biblia dice que la blanda respuesta quita la ira. Pero si en determinado momento no podemos dar una blanda respuesta, es mejor permanecer callado. Si continuamos la discusión caeremos en las garras del enojo y seremos dos personas enojadas y sujetas a nuestras emociones. Cuando dos personas enojadas están discutiendo, la situación se puede tornar peligrosa y puede que el enojo nos lleve a decir cosas, que en lugar de aclarar o mejorar la situación, nos hieran y conviertan la discusión en un cuadrilátero de boxeo, aunque no haya golpes físicos. Al habar podemos golpearnos mutuamente con nuestras palabras. Eso no bendice, al contrario, nos cansa, nos provoca heridas y lo peor es que normalmente no habrá jueces que nos dejen saber quién ganó la pelea, ni habrá un premio, ni nada por el estilo. Las dos personas saldremos lastimadas y todos salimos perdiendo. Al final solo tendremos más heridas y no habrá resoluciones.

Es una pena que en el momento de enojo permitamos que nuestras emociones tomen control y que nuestro propósito cambie. No buscamos más arreglar las cosas, sino herir a la persona que nos ha provocado. Queremos regresarle el golpe bajo y el asunto se vuelve vano.

Es triste ver a personas empezar a discutir por un asunto y ver que terminan sacando ofensas y situaciones de veinte años atrás. Empiezan a crear el efecto bola de nieve y lo único que se consigue es empeorar la situación. Es necesario saber callar y no entrar en altercados cuando sabemos que el enojo de cualquiera de las dos partes puede llegar a tomar el control.

Muchas veces he pensado decir cosas horribles de personas cuando estoy enojada. Sin embargo, cuando tengo tiempo de calmarme y analizar la situación, puedo pensar mejor en la solución y atacar el problema de una mejor forma.

## El enojo

El tener una boca que bendice no significa que nunca demostremos nuestros desacuerdos. El secreto consiste en mostrarlos con gracia y sabiduría. ¿Para qué sirve el enojo? El enojo es una emoción válida. Todos los seres humanos nos enojamos. Aun Jesús se enojó. Una boca que bendice también debe reprender. Sin embargo, siempre debemos hacerlo con amor. Lo que significa que esa ira debe también cumplir un propósito en nuestras vidas. No solo tenemos que pensar porqué nos enojamos sino de qué sirve enojarnos. Cuando la biblia describe que Jesús se enojó, pensemos en que hubiera pasado si Jesús hubiera llegado al templo explicando en voz baja, que no se debía vender todo tipo de cosas. Tal vez no habría tenido el efecto deseado. Él hizo uso del enojo para llamar la atención acerca de su autoridad y del sacrilegio que estas personas estaban cometiendo. ¡Tenía que llamar su atención y dejar claro lo que a Dios no le agradaba! Ahora, recordemos que, aunque Jesús fue hombre, también era Dios y tenía toda la autoridad para hacer lo que hizo.

Nosotros, ¿para qué nos enojamos. ¿Qué debemos hacer con el enojo? ¿Regañar? ¿Orar más? ¿Controlarnos? ¿Qué acción debe provocar en nosotros el enojo? Lo cierto es que el sentir enojo nos ayuda a reconocer que algo está mal. No es malo enojarse. La clave es entender si las razones por las que nos enojamos son válidas y no permitir que el enojo dicte nuestras acciones. El problema es cuando el enojo nos controla y no nos permite pensar con claridad. La biblia dice: "airaos, pero no pequéis" (Efesios 4:26). Es decir, podemos enojarnos, pero tenga cuidado de lo que hace con su enojo. Continúa diciendo: "No se ponga el sol sobre vuestro enojo, ni deis lugar al diablo" (Efesios 4:26-27). Entonces podemos enojarnos, pero debemos analizar ese enojo y canalizarlo en bendición. Sobre todo, debemos cuidar lo que decimos cuando nos enojamos. Debemos preguntarnos: "¿Por qué estoy enojado?", "¿Hay cosas de mí que necesito cambiar?", "¿Cómo puedo atacar esta situación que me hace enojar, y mejorarla y no empeorarla?". ¡Ojo! El enojo nos debe instar a atacar el problema, pero no a las personas. Por ejemplo, si a su hijo se le olvida guardar la leche y eso le enoja. Debe encontrar una solución para ayudar a su hijo a no olvidar guardar la leche. Simplemente eso. No es necesario que le grite a su niño que es un perezoso, desobediente y egoísta que solo piensa en él mismo. Mucho menos decirle que es un tonto por olvidar guardar la leche. Ataquemos el problema. Lo más probable es que la leche no sea algo importante para el niño y, por lo tanto, lo olvida con facilidad. Podemos llegar al acuerdo de que si no guarda la leche tendrá una hora menos de juegos. Entonces, al pensar en la consecuencia, y lo importante que resulta el juego para el niño, será menos propenso a olvidar la leche. Ya que está relacionando la leche con algo que es importante para el niño. Si un adulto nos hace enojar, obviamente esta consecuencia no funcionaría, pero los adultos pueden hablar, sin insultos, y llegar a algún acuerdo. Habrá ocasiones en que no se llegará a ningún acuerdo porque los seres humanos somos bastante complicados, entonces tendremos que lidiar con nuestro enojo de alguna otra forma positiva. Lo cierto es que no debemos vivir enojados. Tampoco debemos vivir sin hablar o convivir con la mitad de las personas que nos rodean. Repito, la biblia dice, "no se ponga el sol sobre vuestro enojo". Es decir que el enojo debe ser algo momentáneo, que nos lleva a reflexionar en cambios necesarios, pero no a permanecer enojados y mucho menos a pecar o a decir cosas que no son de bendición.

## Las peleas

En una ocasión escuché un video de *Tedtalks* en *Youtube*. Una mujer, de apellido Weaver, decía que había tres maneras de evitar peleas en cualquier relación. Curiosamente, estas soluciones podrían tener mucho que ver con la boca.

Son las siguientes y trataré de explicarlas con mis propias palabras:

1. Entender y obedecer la ley de aceleramiento-Cuando sienta que su corazón y su mente se aceleran, la situación podría escalar a algo peligroso. Es mejor tomar un tiempo para calmarse. Salir a caminar y pensar antes de hablar.
2. Enfocarse solamente en la emoción original–A veces nos enojamos por una cosa, pero, empezamos a pensar en otras cosas. Concéntrese solamente en lo que le hizo enojar, sin alimentar emociones extras. A veces, si el enojo es porque nos lastiman,

escondemos ese dolor y alimentamos el enojo para cubrir la emoción original y defendernos.
3. Reconocer que el mañana podría no llegar- Podríamos decir cosas por las cuales después no podamos pedir perdón. No sabemos qué momento de nuestras vidas o de la vida de los demás será el último.

Alguna vez miré una película española donde uno de los personajes era un "coach de vida" y su pregunta a las personas no era nunca *¿por qué?* sino, *¿Para qué?* Yo creo que, definitivamente, sí es bueno preguntarnos, ¿por qué? No obstante, esto me hizo recordar que no solo es bueno encontrar el motivo, sino que debemos buscar también un propósito sano y divino en cada cosa que hacemos en nuestras vidas.

Nunca, nunca es la voluntad de Dios que estemos peleados por mucho tiempo con ninguna persona. Recuerden, no se ponga el sol sobre vuestro enojo. Debemos tener cuidado de no dañar permanente a nadie. Nuestra boca debe bendecir aun cuando estamos enojados. De hecho, la biblia dice: "Si es posible, en cuanto dependa de vosotros, estad en paz con todos los hombres. No os venguéis vosotros mismos, amados míos, sino dejad lugar a la ira de Dios; porque escrito está: Mía es la venganza, yo pagaré, dice el Señor." (Romanos 12:18-19). Las personas pacificadoras no son las que viven rodeadas de paz, las personas pacificadoras son las que se toman en serio el propósito de traer paz, aun cuando hay tormentas alrededor.

# CAPÍTULO 7
# Una boca que ora

*El Señor está cerca de quienes lo invocan,*
*de quienes lo invocan en verdad.*

(Salmos 145:18)

Una boca que bendice, es definitivamente, una boca que habla con Dios. Muchas personas piensan que orar debe ser un ritual o una obligación. La verdad es que orar es una relación de comunicación e intimidad con Dios.

Hace algunos años fui a un desayuno de mujeres en el que se habló de la amistad. La verdad nunca he tenido problemas para conseguir amigas cuando me lo propongo, pero en ese momento pensé: "Quisiera poder convivir más con mis amigas, pero no tengo tiempo." En esa etapa de mi vida mis hijos eran más pequeños y yo estaba tratando de terminar una Maestría en la universidad. Esto aparte de tener mi trabajo de tiempo completo. Entonces pensé: "Apenas y tengo tiempo para saludarlas, decirles que las quiero y despedirme" En ese momento sentí la voz de Dios en mi mente decirme: "Así eres conmigo". Dios me estaba diciendo que lo estaba tratando igual que a mis amigas. Solo lo saludaba, le decía te amo, luego terminaba inmediatamente mi oración. En realidad, yo no me estaba dando el tiempo de convivir más con Dios. ¡Esto era grave! Mis oraciones eran superficiales, no eran íntimas. Entendí que no debería de haber absolutamente nada más importante que hablar y convivir con Dios. Yo no quería tener un Dios por encimita, al que solo le hablo de cosas superficiales, sin importancia, yo quiero que Dios y yo tengamos una profunda amistad. Para esto es necesario platicar con Dios, leer su palabra y pasar tiempo exclusivo con él. Además, el hablar y tener una sincera relación con Dios significa que le damos permiso para interferir en nuestros asuntos. Nuestras vidas y nuestras palabras pueden llegar a ser transformadas de una forma maravillosa si pasamos tiempo hablando sinceramente con Dios.

## La alabanza

Alabar significa decir cosas buenas sobre una persona o cosa, resaltando sus virtudes o méritos. He ido a muchas fiestas donde se celebra a alguna persona en especial. En algunas de estas fiestas no solo se alaba a la persona, sino que se le honra. Se le canta la canción de cumpleaños, se le dan regalos, se hacen actividades que la persona disfrute y se habla sobre las cosas buenas que esta persona ha hecho. Cuando nosotros nos reunimos a alabar a Dios, en realidad lo estamos celebrando. Si asistimos a una iglesia o templo cada domingo, esa debería ser una fiesta de celebración a Dios. Tenemos que alabarlo. Tenemos que tener en nuestros labios palabras que resalten las virtudes y los méritos de Dios, tenemos que cantarle y hacer cosas que le agraden. Este es solo un ejemplo de alabanza, pero por supuesto que el alabar a Dios no se debe reducir solamente al domingo. Debemos alabar a Dios todos los días. Dios desea que le dejemos saber lo maravilloso y valioso que él es para nosotros. Dios desea que vivamos una vida celebrándolo, cantándole y haciendo las cosas que le agradan. Es importante que nuestra boca sepa hablar de lo maravilloso que Dios es, no porque Dios lo necesite, sino porque es bueno para nosotros. Nosotros nos parecemos a lo que alabamos. Nos convertimos en lo que admiramos, así que si alabamos a Dios y estamos siempre conscientes de lo majestuoso que él es, podremos ser más como él. Además, la biblia habla de varias situaciones adversas en las que Dios actuó mientras que su pueblo le alababa. Si nuestra boca está llena de alabanza para Dios y nuestra vida lo refleja, estoy segura de que pasarán cosas buenas en nuestras vidas.

## Confesar el pecado

"Si confesamos nuestros pecados, él es fiel y justo para perdonar nuestros pecados, y limpiarnos de toda maldad" (1ra de Juan 1:9).

Cuando oramos debemos ser sinceros con Dios. Él nos conoce. A veces se nos hace más fácil decir: "Dios perdona mis pecados" y ya. Sin embargo, cuando alguien nos pide perdón, muchas veces queremos y necesitamos escuchar el porqué. Si solo dicen: "Te pido perdón por cualquier cosa que te haya hecho", no es lo mismo que cuando le dicen que le piden a usted perdón por haberle hecho sufrir con su actitud durante una situación específica. Eso significa que la persona realmente ha reflexionado y se ha dado cuenta del error y es menos probable que lo vuelva a cometer. Igual pasa con nosotros. Aunque a veces haya pecados que no nos atrevemos a mencionar y se nos haga más cómodo decir: "Señor, perdóname por cualquier cosa mala que haya hecho", es necesario que confesemos a Dios nuestros pecados. Pidámosle seriamente al Espíritu Santo que nos ayude a examinarnos para que podamos ser claros con Dios. No tenemos que confesar pecado por pecado con lujo de detalle, ¡eso nos tomaría casi toda la vida! Pero a veces tenemos que entender que es necesario decirle a Dios, "Perdóname por haberle deseado mal a mi amiga", "Perdóname por haber sentido envidia de esta persona". Una boca que bendice necesita confesar su pecado para ser libre y poder ser usado por Dios.

## Interceder

En cierta ocasión una amiga me dijo que estaba orando por un niño enfermo de la iglesia. Dice que repitió una oración sencilla y continuó con su siguiente petición. Sin embargo, el Espíritu Santo la detuvo y le hizo ver que no estaba orando con amor. En su mente se sentía buena cristiana porque había orado por ese niño. Había cumplido el encargo que le habían hecho y también su labor como cristiana. Pero Dios no quiere que intercedamos por cumplir un requisito o solo para sentirnos muy buenos cristianos. Dios quiere que tomemos las cargas de otros como si fueran las nuestras. "Ora por ese niño como si fuera tu hijo, pídemelo con *ese* fervor de madre. Como si el problema fuera tuyo." Fue lo que Dios le dijo. El problema es que muchas veces los problemas de otras personas no nos duelen lo suficientes y oramos intercediendo carentes de amor.

A veces estamos tan concentrados en nuestros propios problemas, que cuando alguien nos cuenta los suyos, los tomamos por poco y no hablamos con amor a esas personas y mucho menos hablamos de esas personas con Dios, ¡no tenemos amor por ellos! A veces necesitamos dejar de orar por nuestros problemas y empezar a interceder por los problemas de otros. En cierta ocasión yo tenía un problema y alguien me contó un problema similar al mío. Dije dentro de mí: "¡Pobre! Entiendo su dolor", y seguí orando por mi problema. Fue entonces que sentí la voz del Espíritu Santo diciéndome: "Si de verdad entiendes, deja de orar unos días por tu problema y ora solamente por el problema de la otra persona." ¿Pero cómo? Si yo tengo más interés en que se solucione MI problema y no SU problema. Pero creo que Dios fue tan claro conmigo, que no pude negarme. Lo hice y Dios me llenó de tal amor por esa persona, que pude interceder con pasión y sinceridad.

Interceder con amor es importante, pero podría ser difícil interceder por alguien que sabemos que no está de acuerdo con nosotros. Alguien que se opone a nosotros. Tal vez nos concentremos en pensar que estas personas están mal o son rebeldes solo porque no se llenan de Dios de la manera que nosotros pensamos que deberían hacerlo, y podría ser cierto, pero ¿qué tal si en lugar solamente de desechar a estas personas, intercediéramos por ellas? Tal vez estas personas se nos oponen a causa de algo que nosotros les hicimos sin darnos cuenta. Podría ser que su corazón esté lastimado y que no hayan todavía logrado una sanidad completa. Tal vez estén luchando. A mí me ha pasado. Normalmente, acepto a todas las personas, pero, por obvias razones, trato de no relacionarme demasiado con personas negativas. No obstante, creo que si antes de desecharlas, yo intercedo por ellas y le pido a Dios que me muestre la raíz de su actitud, las cosas pueden cambiar. La raíz de su actitud podría ser algo que yo dije o hice sin darme cuenta. Podría ser alguna palabra altisonante o alguna actitud malinterpretada. Y aun si no fue algo que nosotros hayamos hecho, aun si nosotros no tuvimos nada que ver con esta actitud, es bueno pedir a Dios que sane los corazones de estas personas y cambie sus actitudes. Interceder en privado, aun por personas con las cuales tenemos roces, es realmente demostrar el amor de Dios. Especialmente si son personas con las que tenemos que convivir.

## Llenarse del Espíritu Santo

Pedro fue una persona que logró grandes cosas para Dios. De hecho, sus discursos llevaron a miles de personas a los pies de Cristo. El libro de Hechos relata acerca de un Pedro lleno del Espíritu Santo hablando y profetizando acerca de Cristo de una forma maravillosa. Sin embargo, Pedro en los evangelios era un Pedro sin propósito. Pedro no entendía la profundidad de su llamado hasta que fue lleno del Espíritu Santo. Pedro no pudo impactar multitudes, a pesar de haber caminado con Cristo por algunos años. Él sabía que Jesús era El Mesías, es decir, era un cristiano de esos salvos que sirven en la iglesia y caminan siempre al lado de los líderes. Sin embargo, Pedro no entendía la profundidad del llamado de su amado señor Jesús. No entendía su gran propósito en todo este asunto. Sabía que caminaba con Jesús, pero hasta ahí, es decir, no había nada más profundo que eso. ¿Cómo sabemos? Pedro pelea contra el siervo del sumo sacerdote. Lo hace porque no entiende el propósito por el que Jesús vino al mundo y lo llamó como discípulo. Después sigue a Jesús de lejos y le niega. No es sino hasta que es lleno del Espíritu Santo que empieza a ser revelado su propósito. Pedro entendió la magnitud del sacrificio y la venida de Cristo cuando por fin el Espíritu Santo vino y le recordó todas las cosas. Fue entonces que Pedro pudo hablar con denuedo y publicar el evangelio.

Asimismo, Pablo era simplemente un religioso que se auto justificaba bajo la ley y no fue hasta que Cristo se le reveló y recibió dirección de Ananías y la llenura del Espíritu Santo, que entendió su propósito y cambió su vida, su propósito y sus conversaciones. Solo tenemos que leer las cartas para darnos cuenta de lo que Pablo tenía en su mente y en su corazón. Su vida estaba llena del Espíritu Santo y por eso es que su boca bendecía.

De igual manera nosotros tenemos que llenarnos del Espíritu Santo viniendo delante de la presencia de Dios y orando cada día. El hacer esto nos ayudará a ser más sensibles al Espíritu Santo y a conocerlo de forma más profunda. Solo así podremos entender la magnitud de nuestro propósito en esta vida. Estaremos siempre propensos a herrar el camino si insistimos en hacer las cosas sin la ayuda del Espíritu Santo, porque cuando entendemos nuestro propósito, actuamos diferente y hablamos diferente.

A veces puede ser difícil encontrar nuestro propósito dentro del cuerpo de Cristo, pero, si cumplimos los propósitos pequeños cada día, podremos llegar a ese gran propósito. A veces Dios nos da pequeños propósitos dentro de nuestro gran propósito. Es como si fueran pequeñas piezas que terminan armando un rompecabezas. Cuando se sienta agobiado y confundido respecto a su propósito, use su boca para hablar con Dios y pídale que lo guíe un día a la vez. Hay un famoso y antiguo canto llamado "Un día a la vez" que habla precisamente de todo esto. Es así, poco a poco, que veremos realizada la obra de Dios en nuestras vidas. Si piensa que ya no puede vivir el resto de su vida con su situación, pídale a Dios que le ayude a soportar solo por ese día. Y viva como si fuera el último día, no piense en el esfuerzo que tendrá que volver a hacer al siguiente día, pídale a Dios que lo llene hasta que se derrame su copa, pero solo por ese día. Necesitamos una relación fresca con Dios. Algo de cada día. Dios le daba al pueblo de Israel solo el maná suficiente para ese día. Tenían que volver a levantarse a recoger su maná al día siguiente. Si trataban de guardarlo, se podría. Dios nos dará lo suficiente para enfrentar cada día de nuestras vidas. Por eso es necesario que recurramos constantemente a él para ser llenos.

# CAPÍTULO 8
# Una boca firme contra el pecado

*Ni tampoco presentéis vuestros miembros al pecado como instrumentos de iniquidad, sino presentaos vosotros mismos a Dios como vivos de entre los muertos, y vuestros miembros a Dios como instrumentos de justicia.*

(Romanos 6:13)

Nuestra mente y nuestro corazón pueden mantener una lucha constante y vienen a ser el campo principal de batalla. Sin embargo, cuando el pecado ya se pronuncia con nuestra boca sin ningún problema, estamos en peligro. Esto significa que es, definitivamente, hora de actuar en contra de este. Si nuestra boca está alabando demasiado a una persona que no es nuestro cónyuge, si está hablando de experiencias sexuales fuera del contexto matrimonial, si nuestra boca está declarando que *no tiene nada de malo,* respecto a cualquier cosa que la biblia establezca como pecado, si de pronto nos encontramos diciendo palabras ofensivas en contra de alguien o disfrutando una conversación inadecuada, que alude a cualquier pecado, repito, ¡estamos en peligro! Nuestra vida está pronta a maldecir a alguien con nuestro propio pecado y no a bendecir. Estamos a punto de dejar de ser testimonio vivo del poder de Dios para otros. Estamos a punto de apartarnos y caer. Nuestras palabras son el síntoma más claro de lo que podría haber en nuestro corazón.

Las palabras pueden, fácilmente, declarar nuestra cercanía con Dios en determinado momento. Cuidemos pues nuestras palabras y tomémoslas muy en serio. Otra vez digo que si nuestra boca está cantando cosas que no glorifican a Dios y a su creación, si estamos contando chistes dentro de un contexto inapropiado, si estamos hablando demasiado sobre desperfectos, si estamos hablando siempre de los problemas de la vida, si nos cuesta trabajo decir cosas buenas de alguien más y reconocer sus logros, algo anda mal. Estudiemos nuestras propias conversaciones para conocernos introspectivamente y tener un concepto claro de nosotros mismos. Recuerden el primer paso del capítulo uno; solo cuando reconocemos podemos mejorar y permitir a Dios que nos ayude.

Si hablamos demasiado de los errores de otras personas, tal vez tengamos un problema de orgullo. Si se encuentra hablando demasiado sobre usted mismo, tal vez tenga un problema de egoísmo. Si se queja por todo, tal vez haya amargura en su corazón. Examine sus conversaciones y decida qué síntomas está reflejando lo que usted dice. La biblia nos dice que de la abundancia del corazón habla la boca (Lucas 6:45). Para ilustrar esto, tomé de Invox Radio esta publicación escrita por Rick Warren.

> *Una persona con una lengua áspera tiene un corazón enojado.*
>
> *Una persona con una lengua negativa tiene un corazón temeroso.*
>
> *Una persona con una lengua hiperactiva tiene un corazón inestable.*
>
> *Una persona con una lengua jactanciosa tiene un corazón inseguro.*
>
> *Una persona con una lengua sucia tiene un corazón impuro.*
>
> *Una persona que critica todo el tiempo tiene un corazón amargado.*

Muchos de los problemas de la lengua en realidad son problemas cardiacos. Ahora, si usted no examina su corazón, será difícil que le permita al Dios limpiarlo y un corazón con resacas, está propenso y vulnerable al pecado.

## Conversaciones negativas

Nuestras conversaciones deben animar a otros a ser mejores. A veces las personas nos cuentan sus anhelos y en lugar de animar y ayudar, nos dedicamos a resaltar todo lo que les podría salir mal. Otras veces mantenemos conversaciones sobre cosas pecaminosas o simplemente hablamos de cosas que nadie necesita escuchar para mejorar su vida. Si su conversación no trae gracia a los oyentes, podría ser una conversación negativa.

A veces pensamos que necesitamos desahogarnos. La verdad es que el hablar de sus problemas con alguien es de mucha ayuda. Pero si el hablar de sus problemas y el desahogarse requiere que usted diga cosas malas de otra persona, ¡¡cuidado!! No siempre es bueno andarse quejando de lo que una persona le hace sufrir o hablar de lo que esa persona ha hecho para decepcionarle. Es muy peligroso porque puede lastimar a otras personas innecesariamente. En estos casos es muy importante orar. Si no hay una persona neutral a quien usted le pueda confiar, una persona que no conozca o que no se relacione con el o la culpable de su situación, entonces debe orar. Debe buscar la dirección de Dios. Desahogarse con Dios. ¿Por qué? Primero que nada, porque nadie es perfecto. Además, todos tenemos diferentes perspectivas de las personas y no siempre entenderemos el comportamiento de otros. Por ejemplo, digamos que la persona de quien usted necesita hablar es de autoridad (maestro, pastor, líder) e imparte a otras personas, entonces usted podría dañar a quien se lo cuenta. Esta persona podría no recibir más instrucción del perpetrador. Y tal vez esta persona necesita recibir y usted lo bloquea. Esta situación sería muy parecida a cuando los cónyuges se desahogan con sus hijos y con el tiempo los hijos desarrollan una serie de resentimientos innecesarios en contra de uno de los padres. No digo que nunca digamos nuestras historias, lo que digo es que tengamos cuidado de no caer en conversaciones que dañen en lugar de bendecir. La verdad es que un corazón lastimado puede decir muchas cosas hirientes. En cierta ocasión miré una inscripción que decía que no hable hasta que su corazón sane. A veces simplemente debemos esperar el proceso en Dios para contar alguna situación y, para poder así, dar una perspectiva correcta. Algunas veces no se trata de encubrir algo o a alguien, sino de dar oportunidad a que el poder de Dios trabaje y la situación se vuelva un testimonio de poder.

Muchas veces somos perezosos para orar y queremos que alguna persona nos diga qué hacer. Entonces, con el pretexto de pedir consejo, terminamos contándole el problema no solo a una persona sino a tres o cuatro y se vuelve un verdadero *mitote* (como dicen en mi tierra). Debemos tener sabiduría. Es verdad que a veces Dios pone personas en nuestra vida para que nos escuchen y para que nos aconsejen, pero debemos tener sabiduría al buscar a estas personas. La mayoría de las veces es a Dios a quien debemos escuchar, antes que a otras personas. El problema es que oramos para que Dios nos oiga y no tomamos el tiempo y la disciplina de aprender a escuchar a Dios cuando nos contesta. Eso requiere sensibilidad espiritual y nuestra carne se rebela contra esto. Así que debemos someter la carne y buscar la iluminación de Dios a través de nuestra relación con el Espíritu Santo. Necesitamos hacer todo esto antes de desahogar nuestra frustración y hablar de forma negativa.

Los medios de comunicación nos ofrecen toda clase de versiones distorsionadas de lo que debería ser la vida. Me fascina ver películas y en mi afán por encontrar buenas películas, desgraciadamente, he visto muchas que se dedican a exaltar el pecado. Subliminalmente los mensajes son, que no importa si eres malo a veces, que puedes acostarte con quien tú quieras, es divertido robar, usar drogas, etc. Nosotros, sin embargo, nos sentamos y vemos estas películas sin replicar nada. Sin precisar que esto no es lo que Dios espera de nosotros. Vamos llenando nuestra mente y nuestro corazón de estas cosas y cuando menos lo pensamos se convierten en conversaciones y en hechos que no agradan a Dios.

En el proceso que tuve para escribir este libro le pedía yo, desesperadamente a Dios, que me ayudara a ser esa boca que es de bendición a otros. A veces me sentía muy orgullosa y daba gracias a Dios por ayudarme a hacer cambios en mi vida. Sin embargo, había días en que, a pesar de los estudios bíblicos y la oración, fallaba. Terminaba cayendo en esas conversaciones negativas. Entonces, me derrumbaba y pensaba en desistir y no seguir tratando. Pero la palabra de Dios dice que él se glorifica a través de nuestras debilidades, entonces entendía que solo necesitaba seguir llenándome del Espíritu Santo y que Dios se encargaría del proceso. La clave está en reconocer nuestras debilidades, en tener un corazón humilde y ávido de aprendizaje y amor por otros, y sobre todo, en permitirle a Dios que actúe y cambie poco a poco nuestro corazón para que nuestras conversaciones bendigan. La clave está, definitivamente, en mantenernos obedientes a Dios y en resistir al diablo, para que huya de nosotros y no caigamos en tentación de pecado.

# CAPÍTULO 9
# Una vida que bendice

*...Unges mi cabeza con aceite; mi copa está rebosando. Ciertamente el bien y la misericordia me seguirán todos los días de mi vida, y en la casa de Jehová moraré por largos días.*

(Salmos 23:5-6)

El salmo 23 nos habla de una copa rebosante. Primero, nos habla de una confianza entera en Dios. Yo soy una oveja y me dejo gobernar por Dios porque confío en que si le obedezco me irá bien. Y después de esta seguridad en Dios, nos dice el salmista que su copa está rebosando. ¿Qué quiere decir esto? Significa que está tan llena que se tira y cuando algo líquido se tira, se derrama y moja y llena de su esencia las cosas que están alrededor de la copa. ¡Me encanta esta alegoría! Me encanta pensar que mi vida es una copa que Dios llena para que se derrame sobre otros. ¿Qué podemos nosotros rebosar o derramar en nuestra vida de tal forma que impregnemos a los demás? ¿Qué podemos dar? La biblia dice: "No te niegues a hacer el bien a quien es debido, cuando tuvieres poder para hacerlo" (Proverbios 3:27). ¿Qué busca la gente? ¿De qué tiene necesidad? Algunas personas tienen necesidad de dinero, otras de compañerismo, otras de amor, etc. Hay todo tipo de necesidades y todas podrían ser diferentes y variar de persona a persona, lo que no varía es que todos, absolutamente todos, necesitamos a Dios. Necesitamos tener esa relación con nuestro creador y aceptar a Cristo como nuestro único salvador, y es a través de esta relación, que nada nos falta. Es decir, Dios llena nuestra copa. Pero no solo la llena, para nosotros mismos, la llena de tal forma que podemos compartir de todo lo que él nos da con los demás. Podemos compartir con esas personas faltas de Dios que no han logrado entregarse a su Pastor. Es precisamente aquí donde venimos nosotros como cristianos y representamos al Buen Pastor. Nosotros damos de lo que él nos da para que conozcan lo bueno y maravilloso que es Dios y quieran también ellos a su vez ser llenos. Es necesario que demos a todos de la paz, el gozo, la mansedumbre y de la bondad que Dios nos da.

Cuando probamos un pastel o alguna comida deliciosa, compartimos con alguien para que se deleite con nosotros. De hecho, si el pastel que damos a probar es realmente rico, las personas pronto querrán ir a la tienda y comprar su propio pastel para deleitarse y eventualmente lo compartirán con alguien más. Así será hasta que más y más personas tengan la oportunidad de deleitar su paladar con el rico sabor del pastel. Así precisamente funcionan el evangelio y las bendiciones de Dios. La biblia dice: "probad y ved que el Señor es bueno." (Salmo 34:8). Dios no nos promete una vida perfecta y sin problemas, pero sí nos promete que él estará con nosotros y que, a pesar de los problemas, no nos faltará nada. ¡Que sabroso! ¿No creen?

El salmo también dice: "aderezas mesa delante de mí". La complicación aquí es que muchas veces no nos alimentamos. No llenamos nuestra copa y por lo tanto no tenemos nada que dar. Esto pasa muchas veces cuando nos ponemos cómodos en la vida cristiana. Entonces nos volvemos delicados para comer. Al principio de nuestro caminar cristiano, tomábamos leche y nos llenaba, después fuimos comiendo carne y conforme vamos creciendo espiritualmente, llega un momento en que probamos tanto y de todo que ya no nos satisfacemos con cualquier cosa. Déjeme le explico. Empezamos a verle problemas a las situaciones por las cuales Dios nos quiere alimentar. Decimos cosas como: "El pastor ya no predica como antes", "Esa enseñanza ya me la sé", "Esa hermana siempre dice lo mismo", "No me gusta que griten", "Habla muy aburrido", "La biblia me duerme", "Ya me sé todas las historias", "Ese predicador es un hipócrita", ¡en fin! La lista continua y la excusas para no alimentarte de la palabra y no crecer se multiplican. Así que pasas de ser un cristiano crecido y robusto con una copa rebosante, a ser un raquítico y viejo cristiano mal oliente con el que nadie puede contar. En conclusión, alguien que no bendice ni con su vida ni con sus labios. ¡Qué lástima!

Nuestras vidas deben inspirar a otros a que su boca bendiga. Debemos ofrecer cosas positivas para que sus bocas también bendigan. Es decir, que al hablar otras personas de nuestra vida no tengan nada malo que decir. Que todo sobre nuestras vidas sea un ejemplo alentador para que otros lo hablen.

Me irrita bastante cuando veo que hay personas que se dedican a ofender a sus *"haters"* o a personas que según ellos los difaman. Mi punto es que, si su vida es un ejemplo, en realidad serán muy pocas las personas que se dediquen a hablar mal de usted. La gran mayoría solo tendrán cosas buenas que decir de usted y eso acallará la negatividad de esas pocas malas personas que podrían hablar mal sin fundamentos. En realidad, nuestra vida debe dar cosas buenas de qué hablar. Debe causar bendición al hablar y escuchar sobre ella.

Toda persona que inspire, es un líder y no vive preocupado por el qué dirán las personas que difieren con él. Un verdadero líder se preocupa por amar y enseñar a sus seguidores. Los líderes que no tienen suficiente gente que hable bien de ellos y que usan su poder para acallar rumores, se llaman dictadores, y creo que el mundo ya ha tenido suficientes de estos. El mundo necesita personas llenas del poder de Dios. Personas como Jesús, que, aunque algunos querían desacreditarlo, fue tanto el amor que derramó y tantas sus maravillas, que, a través de generaciones y generaciones, la gente aún lo sigue y sus hechos y milagros tapan la boca de cualquier chismoso negativo que quiera difamarlo. El llevar una vida recta no significa que jamás habrá alguien que hable mal de usted, por supuesto que siempre habrá unas cuantas personas negativas que querrán difamarlo. El mismo Jesús tuvo difamadores y hasta tuvo un amigo que lo vendió. Sin embargo, Jesús jamás se preocupó por callar y controlar. Especialmente hablando de los fariseos, no se empeñó en controlarlos. En realidad, él se dedicó a su propósito. Amó a la gente y sirvió a sus seguidores. Un líder que ama a sus seguidores y se preocupa siempre por ellos y por su bienestar, es un líder que siempre tendrá éxito.

1ra. Pedro 3:*8- 12 dice:*

"En fin, vivan en armonía los unos con los otros; compartan penas y alegrías, practiquen el amor fraternal, sean compasivos y humildes. No devuelvan mal por mal ni insulto por insulto; más bien, bendigan, porque para esto fueron llamados, para heredar una bendición. En efecto,

«el que quiera amar la vida
y gozar de días felices,
que refrene su lengua de hablar el mal
y sus labios de proferir engaños;
que se aparte del mal y haga el bien;
que busque la paz y la siga.
Porque los ojos del Señor están sobre los justos,
y sus oídos, atentos a sus oraciones;
pero el rostro del Señor está contra los que hacen el mal»."

## Una buena conversación

¡Me ayudó tanto hablar! Esto es lo que la gente necesita sentir después de hablar con alguien. El hablar es una muy buena terapia. Dios nos dio el lenguaje para exteriorizar lo que llevamos dentro y cuando lo que llevamos dentro es dolor, frustración o enojo, es bueno buscar a la persona correcta para hablar y poner así en regla nuestros sentimientos y emociones. Una vez que hablamos ciertas cosas, podemos manejarlas mejor. Sin embargo, debemos tener cuidado con quien hablamos. Todos debemos orar y hablar con Dios, pero aparte, también debemos tener ese amigo, ese líder o pastor, esa persona con quien podemos simplemente hablar. El escuchar nuestros propios pensamientos en voz alta nos puede ayudar a reconocerlos y a manejarlos de mejor manera. En este libro yo trato de animar a que usemos nuestra boca para bendecir a otros, pero a veces también es necesario usar nuestra boca para poder bendecirnos a nosotros mismos y así poder bendecir a otros después. Por esa razón es que es muy importante tener por lo menos a una persona de confianza con la que podamos simplemente hablar. Una persona que sabemos que nos escuchará sin juzgarnos y que si acaso fuera necesario, nos daría un consejo alineado con la palabra de Dios.

Esto nos lleva a la importancia de también saber callar para escuchar. Tengo una sobrina que trabaja en un refugio para mujeres que sufren todo tipo de crisis. Ella contaba que a menudo cuando responde a una de estas crisis muchas mujeres le han dicho: "Gracias por ayudarme". Sobre esto, ella hace la siguiente reflexión: "En realidad el 80% de las veces no hago nada; solo escucho." Así como hay poder en el hablar, también hay poder en el saber escuchar. No lo olvidemos.

Así como el simplemente escuchar, el no mantener conversaciones profundas podría también ser algo bueno. A veces el hablar *"small talk"* o el hablar de cosas superfluas con alguien, puede ser de bendición. Muchas veces pensamos que, si no tenemos algo espiritual y súper santo y profundo para decir, que es mejor no hablar. Esto no es del todo cierto. Existen ocasiones en que para que alguien se sienta cómodo con nosotros y que podamos llegar a mostrar el amor de Dios, debemos dejar a un lado las conversaciones espirituales profundas y simplemente disfrutar la compañía de alguien. Aun si esto significa que tendrás que mantener conversaciones superfluas. En una ocasión hablaba con una amiga y ella me decía: "No entiendo por qué las personas piensan que tienes que hablar todo el tiempo. Si no hay nada importante para decir podemos estar callados" Sin embargo, en ocasiones es al revés. Conocí a otra persona que me decía: "¿Por qué siempre la gente quiere hablar de cosas serias? ¿Por qué no podemos disfrutar el tiempo juntos hablando tonterías, sin tener que hablar de nada importante?" Creo que las dos personas tienen razón. Creo que todo depende de nuestra necesidad específica en determinado momento. La sabiduría de Dios es necesaria para bendecir a ambas personas. Algunas personas necesitan un descanso de sus problemas y solo necesitamos hablar de otras cosas y otras necesitan el silencio para concentrar su energía en discutir solo asuntos importantes.

## En la tormenta

Cuando pasamos por una tormenta, suele suceder que nos llenamos de dolor o tristeza. Nuestro corazón sabe que Dios es real y que al final Dios se encargará de nuestras vidas, sin embargo, el tener que pasar por una situación difícil nos puede hacer sufrir de tal forma que empezamos a ver el mundo a través de la neblina del dolor. No dejamos de servir a Dios, pero ya no lo hacemos con el mismo gozo. Servimos a Dios con dolor en el corazón y nuestros labios lo reflejan. Nos amargamos. Lo triste es que nuestra boca entonces causa dolor a los que nos escuchan. Vamos dejando secuelas de amargura por donde pasamos. Todos sentimos dolor. El dolor es un sentimiento válido. Todas las emociones y sentimientos que Dios puso en los seres humanos tienen su función. ¡Es normal que sintamos dolor! Sin embargo, no debemos dejar que el dolor empiece a amargarse. Digamos que el dolor es como la leche echada a perder. El propósito puede ser que ese dolor nos acerque más a Dios, que nos haga crecer, cambiar, o que nos ayude a ser más sensibles al dolor de otros. Si no esperamos el proceso y derramamos la leche echada a perder, se desparrama un olor putrefacto, que no sirve para nada. Lo que podemos hacer es entregar esa leche podrida a Cristo para que él la convierta en un sabroso queso, pero nunca debemos permitir que ese dolor se haga viejo y amargue nuestras palabras. Yo me atrevo a retarle a que traiga ese dolor a los pies de Cristo. Entrégueselo y pídale que ese dolor logre su propósito. Así usted podrá seguir adelante sin permitir que el dolor se amargue y empiece a heder sus conversaciones.

De hecho, su tormenta puede servir para alentar a otros. En cierta ocasión una persona me contaba acerca de su tormenta y comentaba sobre lo perfecta que, según ella, era mi vida. Yo quería alentarla, pero no quería contarle la tormenta por la que yo pasaba. No para aparentar y que siguiera pensando que mi vida era perfecta, lo cual estaba lejos de la realidad, sino porque mis problemas serios no son tema de entretenimiento y no los cuento a cualquier persona para pasar el tiempo. El desahogo debe tener un propósito y aquí realmente no lo había, ella no podía ayudarme en ese momento. Aun así, yo deseaba decirle que podía mantener el gozo y la paz aun a pesar de las circunstancias. De hecho, yo lo estaba logrando con la ayuda de Dios. Sin embargo, también entendí que mis palabras no tendrían ningún significado para ella si a sus ojos yo no tenía problemas. Entonces le dije, sin demasiados detalles, que yo también pasaba por una tormenta y que, de hecho, me identificaba con algunas de las cosas que me había contado. Le dije que la entendía y que no desfalleciera en la oración. Entonces sentí que mis palabras de aliento cambiaron de significado ante ella. No eran palabras vacías, puesto que yo tampoco tenía una vida perfecta y aun así permanecía firme en mi fe en Cristo. El punto aquí es que a veces Dios nos permite pasar situaciones difíciles para poder dar aliento y ser de ayuda a otros que sufren por la misma situación y que tal vez sin nuestras palabras de aliento y ayuda no sobrevivirían la tormenta. Dios nos quiere usar para animar y alentar a otros, ¿estamos colaborando con Dios en esto? Lea el siguiente versículo y medite en lo que nos dice.

"Bendito sea el Dios y Padre de nuestro Señor Jesucristo, Padre de misericordias y Dios de toda consolación, el cual nos consuela en todas nuestras tribulaciones, para que podamos también nosotros consolar a los que están en cualquier tribulación, por medio de la consolación con que nosotros somos consolados por Dios." (2 Corintios 1:3-4).

## Alinear su boca con sus hechos

Su vida no puede bendecir a otros si su boca no bendice. Ya lo dijimos, de la abundancia del corazón habla la boca y de una misma fuente no puede brotar agua dulce y agua amarga. Nuestra boca debe estar alineada con la forma en que vivimos. Es bueno hablar bonito, pero tampoco debemos hablar huecamente. Es decir, ser pura palabrería y no llevar una vida que respalde nuestras palabras. Tu vida debe reflejar la gracia de Dios en todo momento. Cuando logras disciplinar tu vida y alinearla a la voluntad de Dios, el hablar bendición con tu boca es mucho más fácil. Sin embargo, creo que muchos a lo largo de nuestra vida, hemos conocido a esas personas que cuando hablamos con ellas parece que son súper espirituales. Se saben la biblia de memoria y saben siempre qué decir, sin embargo, su vida no respalda lo que sus labios hablan. Muchas veces estas personas hablan de la importancia de ayudar a otros y de mostrarse buen amigo, pero nunca han invitado a nadie a comer a su casa. Nunca se han sacrificado preparando algo especial para hacer sentir bien a alguien más. Nunca dan un paso extra para conocer a otras personas de forma más profunda y mostrarles su apoyo de hermanos y amigos en Cristo. O lo que es peor aún, no se involucran en ningún tipo de ministerio que ayude a otros. Hablan, pero no hacen. Esto es triste porque volvemos a la importancia de las palabras sinceras. Los fariseos podían hablar siempre muy bien y con mucha elocuencia, sin embargo, sus corazones estaban vacíos del amor de Dios. La biblia nos dice que el amor de Cristo nos constriñe, esto es, nos hace que queramos realmente formar parte activa de la iglesia de Cristo. Y cuando digo esto no hablo de predicar detrás de un altar, sino de vivir una vida que bendiga a otros, de servir a otros realmente con todo nuestro corazón. Una persona que no alinea sus palabras bonitas con sus hábitos diarios, no está llena del amor de Dios. Cuando tenemos el amor real de Cristo, no podemos quedarnos con este amor para nosotros mismos, tenemos una pasión por compartirlo y esa pasión no solamente la deben reflejar nuestras palabras, sino también nuestros hechos.

Tomemos en cuenta el ejemplo de mi hermana Juanita (nombre ficticio). A mi hermana Juanita le gusta mucho platicar. Ella tiene una voz dulce y sus palabras parecerían ser siempre positivas. Sin embargo, después de unos años de conocer a Juanita, uno se da cuenta de que Juanita siempre llega tarde, Juanita se enferma cuando hay algún trabajo pesado que realizar. Además,

Juanita en cierta ocasión organizó una cooperación para bendecir a alguien. Juanita se aseguró de que todos supieran que ella estaba a cargo de esta tarea y con sus bellas palabras inspiró a otros a dar. Por supuesto, ella habló de que ella misma daría y pondría así el ejemplo. Sin embargo, por un error honesto de mi parte, sin querer me percaté de que Juanita solo cooperó con unos cuantos dólares. En realidad, es necesario que quede claro, que el error de Juanita no fue en ningún momento dar muy poco, sino hablar como si fuera a dar mucho para tratar de impresionar y quedar bien. Esta necesidad de ser alabados, a veces nos hace decir cosas que realmente no vivimos. En este caso lo ideal no es dejar de hablar, ¡sino alinear nuestra vida con lo que decimos! Debemos cumplir lo que decimos o no prometer más de lo que pensamos cumplir.

## Amigos de Dios

Jesús le dijo a sus discípulos que no eran sus siervos, sino sus amigos. Y explicó, el siervo no sabe lo que hace su señor, pero el amigo sí. (Juan 15:15). Es decir, los dos, tanto el siervo como el amigo tienen una relación cercana con el amo, tal vez se vean todos los días y pasen tiempo juntos, pero la diferencia es que el siervo acata órdenes sin que se le den explicaciones. En cambio, al amigo se le platica. Se le habla de planes y se le deja saber el motivo de sus acciones. Jesús ciertamente es nuestro amigo. Nosotros podemos platicar con él y contarle acerca de nuestros planes, problemas, etc. Pero, ¿Dios puede hacer lo mismo con usted? ¿Le puede contar Dios cosas nuevas y ocultas? Jeremías 33:3 dice: "Clama a mí, y yo te responderé, y te enseñaré cosas grandes y ocultas que tú no conoces". ¿Qué haría con esa información? ¿Sería usted prudente al hablar de esto y al compartir la información? Dios nos platica y nos deja ver sus planes a través de la biblia, pero Dios quiere que usemos esta información para ser bendecidos y para que eventualmente también bendigamos a otros. De esa misma forma, nosotros podríamos tener muchos amigos, con los que podemos hablar y confiar casi cualquier cosa, pero que usted tenga muchos amigos no significa que usted sea un buen amigo. El caso es que es indispensable reflexionar en la clase de relación de amistad que tenemos con Jesús, así como en la clase de relación amistosa que podemos brindar a las personas que nos rodean. En la medida que nuestra relación con Dios crezca y se vuelva más íntima, nosotros podremos, a su vez, ofrecer más a los que nos rodean. ¿Hablamos solo de asuntos a resolver con nuestro prójimo o le mostramos un interés honesto y nos dejamos ver como verdaderos amigos? Si podemos realmente mantener conversaciones sanas, llenas de amor y con un propósito, Dios nos confiará aún más cosas y podremos no solamente ser una boca que bendice a otros a través de nuestras palabras, sino vivir una vida que bendice.

# CAPÍTULO 10
# Una boca que bendice

## El reto:

A través de toda la biblia se menciona el uso de la lengua como algo poderoso. Si la biblia le dedica tantos versículos a este tema debe ser porque a Dios le interesa mucho que lo tomemos en cuenta en nuestro diario vivir. Por eso decidí hacer este reto y le invito a que usted lo haga también.

Durante los próximos quince días, lea algunos de los versículos que hablan de la lengua. Reflexione en su significado, ore a Dios, y, por último, hágase el propósito de bendecir a alguien con su boca. El último paso puede ser interceder por esa persona, encontrar algo bueno acerca de alguna persona y hablar bien de esa persona con alguien más. También puede hacer o hablar algo que sea de bendición directa a la persona. ¡Bendiga a alguien hoy!

## Día 1

Lea:

Proverbios 20:19

*El que anda en chismes descubre el secreto; No te entremetas, pues, con el suelto de lengua.*

Reflexione:

La persona que habla mal de otros probablemente también hablara de usted. Por lo tanto, es cierto que deberíamos evitar a este tipo de personas, pero, es mucho más importante evitar ser nosotros mismos este tipo de persona. Después de pasar tiempo conversando con alguien, pregúntese: "¿De quién hablé?", "¿Por qué y para qué?".

No obstante, a veces somos tan curiosos que precisamente con esas personas son con las que terminamos asociándonos más. ¿Por qué? Porque los chismes sobre secretos de otras personas suelen ser muy entretenidos. Por eso las novelas tienen tanto éxito. Nos cuentan algunos secretos de las personas y lo hacen de tal forma que la curiosidad se apodera de nosotros y estamos ahí pegados al televisor para saber más. Es importante que no nos dejemos entretener por estas personas, porque podríamos correr el peligro de caer en su mismo pecado y llegar a ser precisamente como ellas. La biblia es clara, dice que no se asocie con el chismoso. No significa que va a dejar de hablarle o que va usted a voltearle la cara cada vez que esa persona chismosa esté cerca. Lo que sí significa es que esa persona no será parte de tu círculo íntimo de amistades. Tengamos cuidado.

Ore:

Señor, ayúdame a hablar con sabiduría sobre la vida de otras personas, si es que alguna vez tengo que hacerlo. Sobre todo, ayúdame a rodearme y a asociarme con personas que te amen de todo corazón y que busquen hacer tu voluntad y agradarte.

Bendiga:

Nombre de la persona y hecho o palabras de bendición.

___

## Día 2

Lea:

Salmos 34:13

*Guarda tu lengua del mal, y tus labios de hablar engaño.*

Reflexione:

¿Qué significa guardar la lengua del mal? Todos sabemos lo que significa no mentir, ya le he dedicado una sección en este libro. Pero, ¿qué es guardar la lengua del mal? Debemos pensar cuales son nuestros temas de conversación. ¿Hablamos más de cosas malas que de cosas buenas? Otro significado más profundo de "guardar nuestra lengua del mal" sería no causar mal a nadie con nuestra lengua.

Sobre el hablar engaño yo diría que engaño sería hacer o decir algo para que otra persona crea una cosa falsa o que no es verdad. Tal vez no decimos mentiras literales, pero no somos sinceros al hablar. A veces manipulamos nuestras palabras para dar cierta imagen a los demás. Tratar de dar una imagen equivocada de alguna cosa, persona o situación es engañar.

Ore:

Ayúdanos a no hablar mentira. Danos un carácter valiente para afrontar nuestras realidades y no causar mal a nadie con nuestras palabras. Examínanos y muéstranos las cosas que debemos cambiar y mejorar en nuestra habla.

<u>Bendiga:</u>

Nombre de la persona y hecho o palabras de bendición-

---

## Día 3

Lea:

Salmos 141:3

*Pon guarda a mi boca, oh Jehová; Guarda la puerta de mis labios.*

Reflexione:

Nunca debemos cambiar lo eterno por las emociones del momento. Debemos cuidar de no decir cosas que se queden para siempre en la vida de alguien solo porque sufrimos una emoción momentánea. Vigilemos las palabras que salen de nuestra boca. Especialmente en los momentos en que las emociones nos ahogan.

Ore:

Cuida, mi Dios, cada palabra que salga de mi boca y no me dejes herir a nadie con ella. No me permitas hablar palabrerías o cosas fuera de tiempo. Ayúdame a controlar mis emociones y a expresarlas sabiamente.

Bendiga:

Nombre de la persona y hecho o palabras de bendición-

___

## Día 4

Lea:

Efesios 4:29

*Ninguna palabra corrompida salga de vuestra boca, sino sólo la que sea buena para la necesaria edificación, a fin de dar gracia a los oyentes.*

Reflexione:

Muchas veces no usamos palabras corrompidas o malas palabras en sí, pero usamos palabras ofensivas. En una ocasión pregunté a unas jóvenes si cierta palabra era considerada una *grosería* o *mala palabra*. La respuesta de estas jovencitas fue que, definitivamente, era una palabra ofensiva y por lo tanto, no era una *buena palabra*. Sin embargo, esta palabra no se considera una palabra de las que llamamos groserías, maldición o mala palabra. Lo que pasa es que si no estamos tratando de explicar o definir una actitud, sino que estamos usando esa palabra porque queremos ofender, queremos decir algo malo de esa persona, entonces es una grosería. Debemos hablar palabras que traigan gracia y edificación a quien las escucha.

Ore:

Señor ayúdame a no usar palabras ofensivas para referirme a las personas que tú amas. Ayúdame a reconocer cuando quiero definir una actitud para edificar y cuando quiero ofender. Limpia mi corazón del enojo, el orgullo y el resentimiento para no sentir la necesidad de usar palabras que ofendan a alguien.

Bendiga:

Nombre de la persona y hecho o palabras de bendición-

---

## Día 5

Lea:

Tito 3:2

*Que a nadie difamen, que no sean pendencieros, sino amables, mostrando toda mansedumbre para con todos los hombres.*

Reflexione:

No hablar mal de nadie, no ser peleoneros, sino que debemos ser amables y considerados (mansos) con todo el mundo. Repito, todo el mundo. ¿La persona que me trató mal en el supermercado también? Sí, todos los hombres. Debemos ser amables y mostrar mansedumbre. Otras versiones de la biblia dicen consideración en lugar de mansedumbre. Mostrar consideración es tomar en cuenta, que tal vez la otra persona esté teniendo un mal día o pasando por una situación difícil, y tratar a esa persona amablemente, con mansedumbre, considerando toda situación.

Ore:

Señor, ayúdame a ser una persona amable. Ayúdame a ser el tipo de persona que haga sonreír y sentir bien a los demás con mi manera de tratarlos. Dame paciencia en las situaciones difíciles. Aun en esas pequeñas cosas de la vida diaria.

Bendiga:

Nombre de la persona y hecho o palabras de bendición-

______________________________________

## Día 6

Lea:

Santiago 4:11

*Hermanos, no murmuréis los unos de los otros. El que murmura del hermano y juzga a su hermano, murmura de la ley y juzga a la ley; pero si tú juzgas a la ley, no eres hacedor de la ley, sino juez.*

Reflexione:

Tenemos que entender que somos llamados para amar y proclamar la salvación en Cristo. Si tenemos la costumbre de hablar mal de otra gente en realidad estamos perdiendo valioso tiempo, en lugar de proclamar el poder de Dios para ayudar a que las vidas de otros sean transformadas. En realidad, está diciendo que Dios no sirve para obrar en ellos. Cada persona tiene su proceso y si alguien no entiende las cosas de la manera que usted lo hace, ore por esa persona o póngale el ejemplo. De vez en cuando debe reprender en amor a esa persona, pero le aseguro que casi nunca ayuda que hable de los errores de alguien con terceras personas.

Ore:

Señor, permite que yo use mis labios para ayudar a otros. Ayúdame a confiar en tu proceso de transformación aun para las personas que me son difíciles de sobrellevar. No permitas que me convierta en juez en lugar de ser cumplidor de tus estatutos.

Bendiga:

Nombre de la persona y hecho o palabras de bendición-

___

## Día 7

Lea:

Proverbios 26:20

*Sin leña se apaga el fuego, y donde no hay chismoso, cesa la contienda.*

Reflexione:

Da tristeza ver como hay personas que siempre están dispuestas a decirle a otros lo que alguien más dijo de ellos. ¿Para qué? En cierta ocasión una persona me contó algunas frustraciones que tenía con otro familiar de ella. Yo la escuché y permití que se desahogara y le pedí que tuviera paciencia y siguiera orando y amando a esta otra persona. Después hablé con el familiar y pude ver el otro punto de vista. Traté de aconsejarlas para que las dos personas llegaran a un punto medio y lograran reconciliarse. Jamás le conté a una lo que dijo malo de la otra. ¿Para qué? El propósito no era crear más conflicto y división. Yo sabía que se amaban y lo que necesitaban era perdonarse. Nuestro propósito debe ser el ser pacificadores como lo dice la biblia. Como decimos los mexicanos, ¿para que echarle más leña al fuego?

Ore:

Señor, te pido me ayudes a ser ese oído apacible que otras personas necesitan para calmar sus tempestades. Nunca permitas que mi impertinencia traiga peleas entre otros.

Bendiga:

Nombre de la persona y hecho o palabras de bendición-

---

## Día 8

Lea:

Santiago 1:26

*Si alguno se cree religioso entre vosotros, y no refrena su lengua, sino que engaña su corazón, la religión del tal es vana.*

Reflexione:

Creo que este verso es muy claro. No podemos decir que amamos a Dios, si no amamos a las personas. No podemos decir amar a las personas y maldecirlas con nuestras palabras. Si conocemos a Dios, y tenemos el Espíritu Santo, nuestra boca debe bendecir. De lo contrario, tenemos una religión vacía.

Ore:

Permite, Señor, que seamos sabios para usar nuestra lengua. Ayúdanos a llenarnos de tu amor sincero para no volvernos religiosos falsos o vanos.

Bendiga:

Nombre de la persona y hecho o palabras de bendición-

___

## Día 9

Lea:

Salmos 101:5

*Al que solapadamente infama a su prójimo, yo lo destruiré; No sufriré al de ojos altaneros y de corazón arrogante.*

Reflexione:

A veces no infamamos o calumniamos en toda la extensión de la palabra. La palabra infama se oye como algo muy serio y la mayoría de nosotros tal vez nos digamos a nosotros mismos que este no es un problema que tengamos. No obstante, si ha comentado algo de otra persona, sin estar seguro de que sea cierto, usted ha calumniado. Ha manchado la reputación de otra persona. Tengamos cuidado de no caer en esto.

Además, Dios nos dice que quitemos de nuestras vidas cualquier sentido propio de superioridad. Nuestro corazón debe ser humilde y no debe despreciar a nadie.

Ore:

Señor, ayúdame a pensar de otros con una mente renovada. Enséname a ser humilde y a mantener un corazón sensible a las enseñanzas de tu Espíritu Santo.

Bendiga:

Nombre de la persona y hecho o palabras de bendición-

________________________________________

## Día 10

Lea:

Colosenses 4:6

*Sea vuestra palabra sazonada con sal, para que sepáis como debéis responder a cada uno.*

Reflexione:

Nuestras palabras deben traer un buen sabor a la conversación. Deben ser deleite para quien las escucha. Eso quiere decir que debemos pensar muy bien y examinarnos antes de hablar. ¿Responde usted a las personas con palabras que cumplen un buen propósito?

Ore:

Señor, permite que mis respuestas sean siempre pasadas por el filtro de tu Espíritu Santo. No me permitas hablar palabras que no contribuyan a un buen propósito.

Bendiga:

Nombre de la persona y hecho o palabras de bendición-

---

## Día 11

Lea:

Proverbios 10:19

*En las muchas palabras, la transgresión es inevitable, mas el que refrena sus labios es prudente.*

Reflexione:

Aquí el problema es que nos gusta hablar mucho. Entre más hablamos, más nos arriesgamos a ser transgresores. A veces es mejor no hablar tanto para no decir cosas que puedan ofender. A veces es necesario callar y no hablar mucho inmediatamente. El pensar muy bien antes de hablar es ser prudente; pero llenarnos del Espíritu cada día para que podamos recibir la ayuda necesaria y refrenar nuestros labios, es esencial.

Ore:

Señor, ayúdame a refrenar mi lengua cuando sea necesario. No permitas que hable palabras vanas y sin propósito. Quiero ser prudente en todas mis conversaciones.

Bendiga:

Nombre de la persona y hecho o palabras de bendición-

________________________________________

## Día 12

Lea:

Filipenses 2:3-4

*Nada hagáis por egoísmo o por vanagloria, sino que con actitud humilde cada uno de vosotros considere al otro como más importante que a sí mismo, no buscando cada uno sus propios intereses, sino más bien los intereses de los demás.*

Reflexione:

Cundo dice nada, también se refiere al hablar. No hable para verse bien o auto gloriarse. Al hablar debemos tomar en cuenta los interese de los demás. Hablar con delicadeza y sabiduría. ¿Se imaginan si todos consideráramos a otros más importantes que a nosotros? Yo creo que, si estuviéramos delante de una persona de posición, tendríamos mucho cuidado con nuestras palabras. No hablaríamos ligeramente delante de la reina de Inglaterra, por ejemplo. Consideraríamos quedar bien y hacerla sentir bien en nuestra presencia.

Este verso también nos dice que cuando hablemos no busquemos nuestros propios intereses. Esto me pone a pensar en las veces que hablamos y lisonjeamos solo con el fin de conseguir algo de esa persona, pero sin ningún interés sincero en la persona. Se debe hacer todo (incluyendo hablar) con una actitud humilde, tratando de derramar bendición sobre otros con nuestras palabras.

Ore:

Señor, ayúdame a mantener mi corazón puro y humilde, ayúdame a honrar y ser de bendición a otras personas. Enséñame a pensar menos en mí mismo para considerar también lo que es bueno para otros.

Bendiga:

Nombre de la persona y hecho o palabras de bendición-

---

## Día 13

Lea:

Proverbios 21:23

*El que guarda su boca y su lengua, guarda su alma de angustias.*

Reflexione:

¡Qué angustia saber que sus palabras han herido o causado algo malo! Causa angustia también cuando promete algo que no puede cumplir. Es angustioso tener que recordar la mentira muy bien para no sufrir la vergüenza de ser descubierto y humillado.

Además, recordemos que en el día del juicio rendiremos cuentas acerca de las palabras que salieron de nuestra boca. ¡Guardémonos de esa angustia!

Ore:

Guárdanos, oh Dios, del sufrimiento que trae el no saber controlar nuestras palabras. Fortalécenos en gracia y dominio propio.

Bendiga:

Nombre de la persona y hecho o palabras de bendición-

___

## Día 14

Lea:

Proverbios 17:9

*El que cubre una falta busca afecto, pero el que repite el asunto separa a los mejores amigos.*

Reflexione:

Dice la biblia que el amor cubre multitud de pecados. Esto no quiere decir que si amamos a alguien le vamos a ocultar sus fallas y nos vamos a convertir en gente falsa. El asunto aquí es que no es necesario ir a contar las faltas de alguien a todo el mundo. Esto puede causar pleitos serios que muchas veces son innecesarios.

Ore:

Dios, permite que, en lugar de divulgar fallas, divulguemos tu amor y tu perdón. No permitas que llevemos odio o rencor a otros. Ayúdanos a llevar la paz y las buenas nuevas.

Bendiga:

Nombre de la persona y hecho o palabras de bendición-

________________________________________

## Día 15

Lea:

Romanos 1:29-30

*...estando atestados de toda injusticia, fornicación, perversidad, avaricia, maldad; llenos de envidia, homicidios, contiendas, engaños y malignidades;*

*murmuradores, detractores, aborrecedores de Dios, injuriosos, soberbios, altivos, inventores de males, desobedientes a los padres,*

Reflexione:

Una vez más, leemos sobre la murmuración y los engaños. Lo curioso es que aparecen dentro de una lista donde los hechos son el reflejo de un corazón dañado. Todos estos hechos son reflejo de un corazón endurecido, que no tiene amor por otros.

Ore:

Señor, dame amor por las personas, para no cometer pecados contra ellos. Lléname de tu amor infinito y dame la fortaleza para actuar y hablar siempre de acuerdo a este amor.

Bendiga:

Nombre de la persona y hecho o palabras de bendición-

___

# REFERENCIAS

Biblia de estudio de la vida plena. Edición Reina Valera 1960. Editorial Vida, Miami, Florida 1993.

"Diferencia entre empatía y simpatía". En: Divulgación dinámica. Disponible en: https://www.divulgaciondinamica.es/blog/diferencia-entre-empatia-y-simpatia/ Consultado: 27 de julio de 2020.

Gebel, Dante "#660 No ores por eso" En: YouTube. Disponible en: https://www.youtube.com/watch?v=HIyOxmHcXN0 Consultado: 4 de mayo de 2020

"Honra". En: Significados.com. https://www.significados.com/honra/ Consultado: 27 de julio de 2020.

Léxico Powered by Oxford. Consultas de diccionario en línea disponible en: https://www.lexico.com/es

Warren, Rick, "¿Necesitas un trasplante de corazón?" En: InVox Radio. Disponible en: https://invoxblog.wordpress.com/2016/10/26/necesitas-un-trasplante-de-corazon/ Consultado: 12 de mayo de 2020.

Weaver, Fawn "The Argument Free Marriage" En: TEDxPortland,YouTube. Disponible en: https://www.youtube.com/watch?v=2yXBFo46aRs Consultado: 20 de abril de 2020.

www.ingramcontent.com/pod-product-compliance
Ingram Content Group UK Ltd.
Pitfield, Milton Keynes, MK11 3LW, UK
UKHW020225250726
13967UKWH00001B/187

9 781649 902627